W0418154

À Jacques et Edmond, toujours.
À Sharmila et Julie, mes amies d'enfance et aux mal à l'aise perpétuels, bâtards de tous poils, meute des égarés.

Merci à Fazette Bordage et Rozenn le Bris d'avoir réveillé cette histoire qui dormait depuis longtemps.
Merci à Audrey d'en avoir semé la graine jadis.
Merci aux chiens fous qui m'y ont accompagnée : Philippe, Singeon, Lucie, JP, Olivier, Stéphanie... Esprit Chien forever !
Merci à Elsa de s'être amourachée du projet et à Camille de l'avoir récupéré avec autant de grâce.

Avec le soutien du GIP Le Havre 2017 – Un été au Havre 2018.

Ce livre a bénéficié d'une bourse de création du CNL.

AGNÈS MAUPRÉ

BÂTARDES DE ZEUS

LA BANDE DESSINÉE *BÂTARDES DE ZEUS* EST ACCOMPAGNÉE DE CHANSONS DU GROUPE ESPRIT CHIEN, UNE PAR CHAPITRE.

Introduction : Caché (Maupré/d'Albret)
Chapitre 1 : Bâtards (Maupré/d'Albret)
Chapitre 2 : L'Inconnu (Maupré/Le Saint)
Chapitre 3 : Âme animale (Maupré/d'Albret)
Chapitre 4 : La Solitude des monstres (Maupré/d'Albret)
Chapitre 5 : La Femme serpent (Maupré/d'Albret)
Chapitre 6 : Le Verre (Maupré/d'Albret)
Chapitre 7 : Compagnes (Maupré/d'Albret)
Chapitre 8 : Vermine (Maupré/d'Albret)
Épilogue : Âme sœur (Maupré/Le Saint)

La playlist est à l'écoute ici :

CHAPITRE UN

TANT VA LA CRUCHE À L'EAU
QU'À LA FIN ELLE SE NOIE

BRITO...
J'AI RETROUVÉ LE BATEAU DU PÈRE CHORYS.
OH ! DEPUIS LE TEMPS, JE NE PENSAIS PLUS QU'ON LE RETROUVERAIT.
ET LUI ? TU L'AS VU ?
OUI. IL N'Y AVAIT QUE LUI POUR MOURIR AUSSI BÊTEMENT.
À CENT MÈTRES DE LA CÔTE, UN JOUR DE MER ÉTALE.
C'ÉTAIT UNE SI BELLE JOURNÉE. PAS UN SOUFFLE, PAS UNE VAGUELETTE.
ON NE DEVRAIT PAS PRENDRE LA MER QUAND ON EST SI BÊTE.
IL ÉTAIT BÊTE MAIS TELLEMENT GENTIL...
TU TROUVES TOUT LE MONDE GENTIL...
HEUREUSEMENT POUR TOI !

JE NE TE LE FAIS PAS DIRE...
ET SA FEMME ? TU CROIS QU'IL FAUT LUI DIRE QU'ON L'A TROUVÉ ?
JE NE SAIS PAS. QUAND IL A DISPARU, ELLE ÉTAIT...
... INCONSOLABLE.
BRUYANTE. ON L'ENTENDAIT GÉMIR NUIT ET JOUR DE L'AUTRE BOUT DU VILLAGE. IL N'Y A PAS SI LONGTEMPS QU'ELLE S'EST CALMÉE.
ET LUI... IL A L'AIR BIEN TRANQUILLE, LÀ-BAS, SUR SON BATEAU.
NE LUI DISONS RIEN. ELLE A FAIT SON DEUIL.
ET LA MER EST LE CIMETIÈRE DES MARINS.

MAMAN ?
JE SUIS RENTRÉE.
SALUT MAMAN, TU AS MANGÉ ?
LES PÊCHEURS NE SONT PAS ENCORE RENTRÉS.
JE DOIS GARDER LE PHARE.

LE FEU NE S'ÉTEINDRAIT PAS PENDANT QUE TU FERAIS UN ALLER-RETOUR À LA CUISINE.
SAIS-TU CE QU'EST LE DEVOIR, PHYSALIS ?
MMM.
TU VEUX UNE OLIVE, MAMAN ?
ÇA FAIT UN MOMENT QU'ILS SONT PARTIS, NON ?
CE SONT LES PLUS GRANDES PÊCHES DE L'ANNÉE.
ILS VONT REVENIR AVEC DIX FOIS TROP DE POISSON. IL VA FALLOIR SÉCHER ET FUMER TOUT ÇA. ÇA VA PRENDRE DES JOURS.
QUELS CRÉTINS.
BAH, IL FAUT BIEN MANGER, NON ?
IL Y A BIEN ASSEZ DE POISSONS DANS LA BAIE POUR NOURRIR TOUT LE VILLAGE. MAIS ILS VEULENT ÊTRE DES AVENTURIERS. ALORS ILS PARTENT AU BOUT DU MONDE.
ILS REVIENNENT AVEC DES HISTOIRES DE TEMPÊTES, DE SIRÈNES ET DE MONSTRES MARINS. ET UN JOUR, ILS NE REVIENNENT PAS.
TU VAS LEUR PORTER LA POISSE.
TU CROIS À CES CHOSES-LÀ, TOI, MAINTENANT ?
NON.

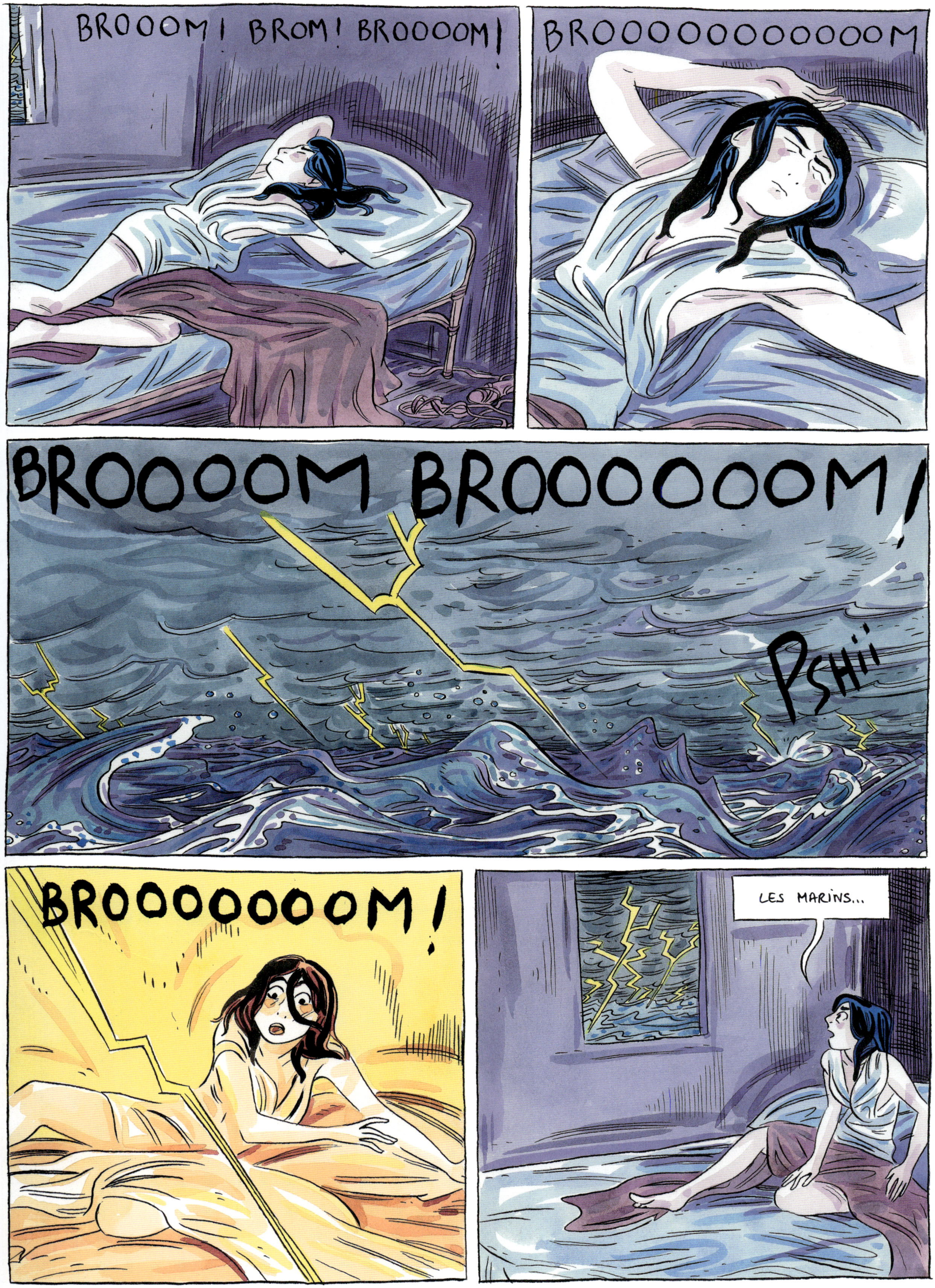
BROOOM! BROM! BROOOOM!
BROOOOOOOOOOOOM
BROOOOM BROOOOOOOM!
PSHII
BROOOOOOOM!
LES MARINS...

ILS SONT TOUS MORTS. TOUS.
C'ÉTAIT UNE GROSSE TEMPÊTE.
LE PÈRE DE PICTOSTÈNE. CELUI DE PHOSTÉE. L'ONCLE DE BALATIS. ET LE PÈRE DE TIRASPHÉE.
NOUS NE SERONS PLUS LES SEULES À NE PAS AVOIR DE PÈRE.
CE N'EST PAS PAREIL, TU LE SAIS TRÈS BIEN.

CE N'EST PAS PAREIL, JE LE SAIS BIEN.
JE ME RAPPELLE, QUAND J'ÉTAIS PETIT ET QU'IL ME SOULEVAIT POUR ME METTRE SUR SES ÉPAULES.
J'AVAIS L'IMPRESSION QUE RIEN NE POURRAIT M'ARRIVER, LÀ-HAUT.
JE FAISAIS SEMBLANT D'AVOIR MAL AUX PIEDS POUR QU'IL ME PRENNE.
IL SAVAIT QUE TU FAISAIS SEMBLANT, TU SAIS.
TU CROIS ?
MAIS OUI. TU ÉTAIS SON PETIT DERNIER, IL T'A TOUJOURS TROP GÂTÉ.
JALOUSE !
OUI.
MON PÈRE N'EST PAS MORT.
MON PÈRE ME FAISAIT PEUR.

IL NOUS COLLAIT DES RACLÉES, À MA MÈRE ET À MOI. ON N'ÉTAIT TRANQUILLES QUE QUAND IL PRENAIT LA MER.
TU ES CONTENT QU'IL SOIT MORT ?
JE NE SAIS PAS. JE CROIS QUE JE SUIS TRISTE DE NE PAS ÊTRE TRISTE.
MON PÈRE À MOI M'A ABANDONNÉE.
LE MATIN DE SON DÉPART, JE LUI AVAIS ACCROCHÉ UN COLLIER DE COQUILLAGES AUTOUR DU COU POUR LUI PORTER CHANCE.
QUAND ON L'A RETROUVÉ SUR LA PLAGE, IL NE L'AVAIT PLUS. JE ME DEMANDE OÙ EST CE COLLIER À PRÉSENT.
LA TEMPÊTE A LAISSÉ MES AMIS ORPHELINS. BRITO ET MOI NE SOMMES PAS DES ORPHELINES. NOUS SOMMES DES BÂTARDES.
PHYSALIS !

NOUS N'AVONS PAS NOTRE PLACE ICI.
PHYSALIS !
MAIS OÙ TU VAS ?
JE PARS.
MAIS... NOS AMIS ONT BESOIN DE NOUS ! ON NE PEUT PAS LES LAISSER CE SOIR.
TU NE COMPRENDS PAS.
JE PARS POUR DE BON, JE QUITTE LE VILLAGE.
MAIS...
POURQUOI ?
ILS ONT PERDU LEUR PÈRE. JE VEUX TROUVER LE MIEN. LE NÔTRE.
ZEUS ?
ZEUS.

MON PÈRE EST LE GRAND, LE PUISSANT ZEUS. PAS UN ROI. PAS UN DIEU. LE ROI DES DIEUX. ÇA FAIT DE MOI... QUOI ? LA PRINCESSE DES BÂTARDES ?
MAIS SI TU LE TROUVES... QU'EST-CE QUE TU LUI DIRAS ?
JE LE SAURAI QUAND JE LE VERRAI.

ÊTRE PÈRE, C'EST POUR LA VIE.
C'EST UN SACRÉ BOULOT.
IL FAUT AVOIR LES ÉPAULES.
PERSONNE NE M'A JAMAIS PORTÉE SUR SON DOS !
CE N'EST PAS JUSTE ! J'AI MAL AUX JAMBES, MOI AUSSI.
IL SUFFIT DE DEMANDER, FIFILLE ! JE SUIS LÀ !
PAPAAAAA ?

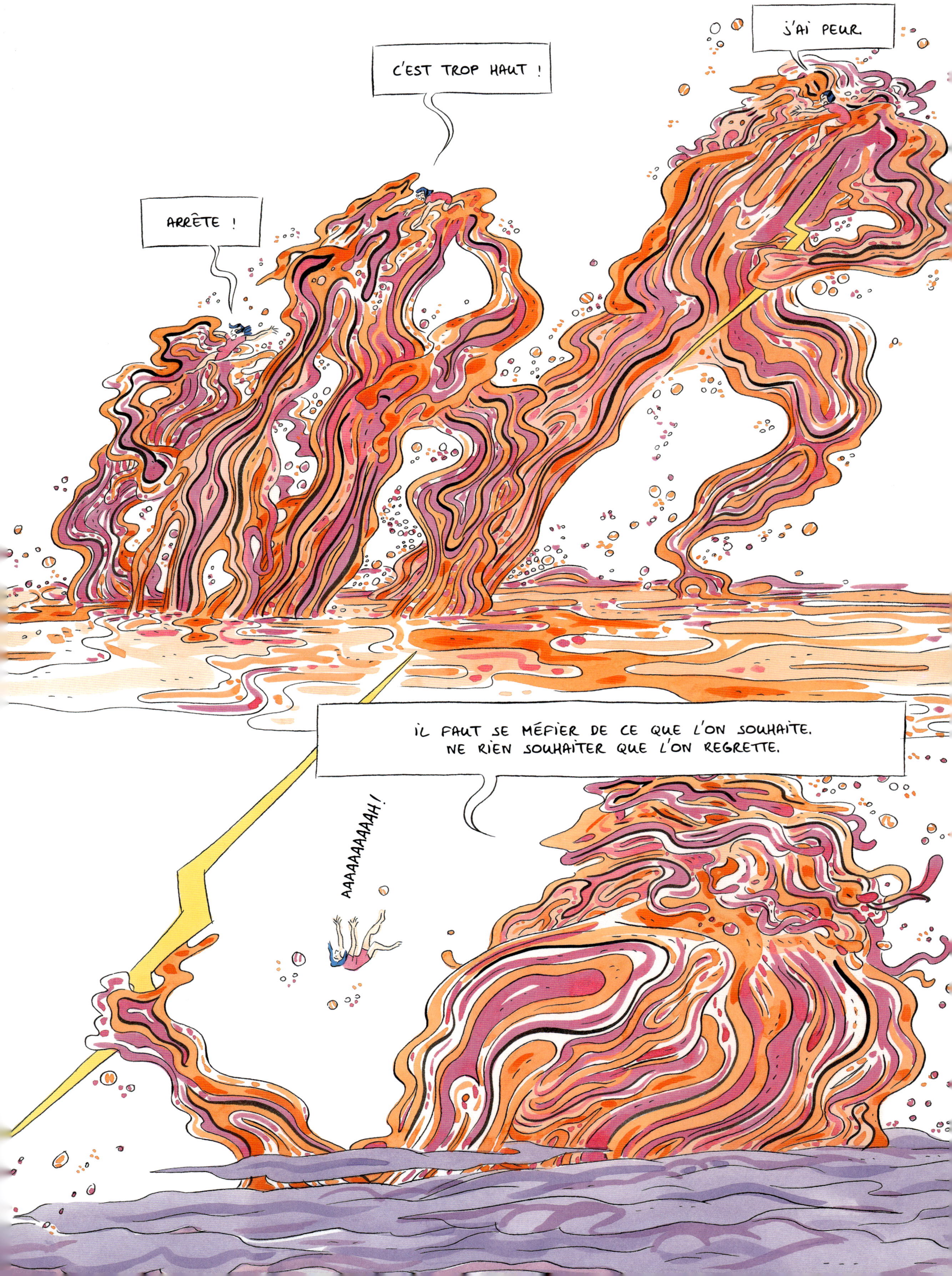
ARRÊTE !
C'EST TROP HAUT !
J'AI PEUR.
IL FAUT SE MÉFIER DE CE QUE L'ON SOUHAITE. NE RIEN SOUHAITER QUE L'ON REGRETTE.
AAAAAAAAAAH !

AAAAAAAAAAAAAAAAAAAAAAH !
ÇA NE VA PAS, MA FILLE ? QUE T'ARRIVE-T-IL ?
J'AI RÊVÉ DE MON PÈRE.
TU N'AS PAS DE PÈRE.
CE N'EST PAS PARCE QUE JE NE LE CONNAIS PAS QUE JE N'AI PAS DE PÈRE.
QUELQU'UN QUI N'A JAMAIS VU SON ENFANT N'EST PAS UN PÈRE.
MERCI MAMAN, TU M'ES D'UNE AIDE PRÉCIEUSE, COMME TOUJOURS.

MA MÈRE M'A ÉLEVÉE. JE NE DEVRAIS PAS ÊTRE EN COLÈRE CONTRE ELLE.
ZEUS L'A PRISE UNE NUIT, PAR CAPRICE. IL NE S'EST PAS DEMANDÉ QUI NAÎTRAIT DE CETTE NUIT. MAIS MA MÈRE, ELLE... ELLE A TOUJOURS PRIS SOIN DE MOI. ELLE NE RIT JAMAIS MAIS ELLE EST LÀ.
COMME UNE BONNE MÈRE ET UNE BONNE GARDIENNE DE PHARE. JE NE DEVRAIS PAS ÊTRE EN COLÈRE CONTRE ELLE.

BRITO N'A NI PÈRE NI MÈRE. ELLE AURAIT TOUTES LES RAISONS D'ÊTRE EN COLÈRE.
MAIS JE LE SUIS POUR DEUX.
D'UNE COLÈRE FOLLE, HURLANTE, BOURDONNANTE. UNE COLÈRE NOIRE.
NOIRE CAR LA COLÈRE OBSCURCIT TOUT.

La colère a toujours une source, mais elle se gonfle et se nourrit jusqu'à devenir un fleuve prêt à se déverser sur n'importe quoi, ou n'importe qui. Moi, c'est sur mon père que je veux déverser ma colère. Et pour cela, je dois le retrouver.

ZEUS EST TOUT-PUISSANT. AUTANT S'EN PRENDRE À UNE MONTAGNE. MAIS LA COLÈRE RENVERSE PARFOIS LES MONTAGNES.
BRITO EST LA SEULE À SAVOIR ME CALMER.
JE POURRAIS DIRE QU'ELLE SAIT COMMENT ME PRENDRE MAIS J'AURAIS L'AIR DE PENSER QU'ELLE ME MANIPULE. CE N'EST PAS ÇA.
TOUT EN ELLE EST APAISANT.

JE NE SUIS PAS COMME PHYSALIS. JE N'AI JAMAIS ÉTÉ EN COLÈRE.
C'EST PEUT-ÊTRE UNE INFIRMITÉ PLUS GRAVE QUE DE L'ÊTRE EN PERMANENCE.
LE MONDE DONNE SANS CESSE DES RAISONS DE SE FÂCHER. MAIS À QUOI BON ?

JE N'AI JAMAIS EU L'IMPRESSION D'ÊTRE ABANDONNÉE. DE L'INSTANT OÙ J'AI ÉTÉ SEULE, J'AI ÉTÉ LIBRE.
DES PARENTS ATTENDENT TOUJOURS QUELQUE CHOSE DE VOUS, ILS S'INQUIÈTENT DE CE QUE VOUS ALLEZ DEVENIR EN GRANDISSANT.
ILS SURVEILLENT. ILS JUGENT. ET AVEC UN PÈRE PUISSANT, UN PÈRE COMME ZEUS, CE POIDS EST PLUS LOURD ENCORE.
ON NE PEUT QUE RESTER DANS SON OMBRE ET LE FLATTER OU RASSEMBLER SES FORCES POUR ESSAYER DE LE TERRASSER.
BRISER OU ÊTRE BRISÉE. VOUS PARLEZ D'UN DESTIN.
JE CHÉRIS MA LIBERTÉ D'ENFANT ABANDONNÉE.

TU VEUX VRAIMENT PARTIR CHERCHER NOTRE PÈRE ?
OUI.
JE VIENS AVEC TOI.
JE CROYAIS QUE TU T'EN FICHAIS.
JE M'EN FICHE.
MAIS JE NE TE LAISSE PAS.

CHAPITRE DEUX

LA POMME NE TOMBE JAMAIS
LOIN DU LAURIER

TU AS PIQUÉ LA BARQUE DE MANOLIS ?
JE NE L'AI PAS PIQUÉE, IL ME L'A DONNÉE.
J'AI TOUJOURS SU QU'IL ÉTAIT AMOUREUX DE TOI.
MANOLIS ?
IL ME TIRAIT TOUT LE TEMPS LES CHEVEUX QUAND ON ÉTAIT PETITS !
MOUAIS...
SI ÇA SE TROUVE, T'AS RAISON...
TU NE RAMES PAS ?
J'AI DIT QUE JE T'ACCOMPAGNERAIS. JE N'AI JAMAIS DIT QUE JE RAMERAIS.

Olives ou amandes ?
Tu as pris à manger ?
Plein de trucs.
Du pain, du miel, du fromage, du saucisson... J'ai aussi des gourdes, une couverture et un lance-pierre.
Eh ben !
Ben oui ! Il faut du matériel pour partir à l'aventure ! Tu pensais boire de l'eau de mer et sucer des cailloux ?
Je pensais improviser.
On improvisera avec des tartines.
Tu as tenu à partir au lever du jour et je ne suis bonne à rien sans mon petit-déjeuner.
Ne t'en fais pas. On pourra se réapprovisionner n'importe quand. Il y a des îles partout dans le coin.

C'EST VRAI. MAIS LA MER NE VOUS LAISSE PAS TOUJOURS ALLER OÙ VOUS VOULEZ.
TU AS ENTENDU PARLER D'ULYSSE ?
À MON AVIS, ULYSSE NE TENAIT PAS À RENTRER CHEZ LUI.
PROBABLE...
ET SI LA MER NE NOUS JOUE AUCUN TOUR, ON VA OÙ ?
EN HAUT DU MONT OLYMPE...

ON VA SE FAIRE FOUDROYER AVANT MÊME D'AVOIR COMMENCÉ À MONTER LA PENTE.
TU POURRAIS ESSAYER D'APPELER ZEUS. LES DIEUX ENTENDENT TOUT, IL PARAÎT.
JE L'APPELLE DEPUIS QUE JE SAIS PARLER.
IL N'EST JAMAIS VENU.
ALORS JE VAIS LE CHERCHER ET JE N'ARRÊTERAI QUE QUAND JE L'AURAI TROUVÉ.
J'AI BIEN FAIT DE PRENDRE À MANGER.
ET EN CHEMIN, JE VOUDRAIS RENCONTRER LES AUTRES.
LES AUTRES ?
LES AUTRES BÂTARDS.
NOS SŒURS ET NOS FRÈRES. LES ENFANTS QUE ZEUS A SEMÉS AU HASARD DE SES CONQUÊTES. PEUT-ÊTRE QU'ILS RESSENTENT LA MÊME COLÈRE QUE MOI. ET PEUT-ÊTRE QU'ILS SE JOINDRONT À NOUS ET QUE NOUS IRONS VOIR NOTRE PÈRE TOUS ENSEMBLE.
EN DÉLÉGATION ?
OUI.

JE NE CHERCHE PAS MA FAMILLE. JE LA CONNAIS. CE SONT LES PÊCHEURS D'ÉPONGES QUI M'ONT TROUVÉE UN MATIN, AU FOND DE LA BAIE, DANS UNE HUÎTRE GIGANTESQUE. UN INSTANT, ILS M'ONT PRISE POUR UNE ÉNORME PERLE QUI LES RENDRAIT RICHES. QUAND ILS M'ONT ARRACHÉE DU COQUILLAGE, ILS SE SONT APERÇUS QUE JE N'ÉTAIS QU'UN BÉBÉ. ILS ONT ABANDONNÉ LEURS RÊVES DE RICHESSE ET M'ONT ADOPTÉE, MOI.

JE SUIS DEVENUE L'ENFANT DE TOUT LE VILLAGE. J'AI EU PLUS D'ONCLES, DE TANTES, DE GRAND-MÈRES, DE FRÈRES ET DE COUSINES QU'AUCUN AUTRE ENFANT AVANT MOI.

ZEUS A ENLEVÉ MA MÈRE ET L'A EMMENÉE DANS UNE GROTTE SECRÈTE À FLANC DE FALAISE. HÉRA LES A QUAND MÊME SURPRIS ET A TRANSFORMÉ MA MÈRE EN HUÎTRE POUR LA PUNIR. MA MÈRE S'APPELAIT CARMÉ. JE LE SAIS CAR C'EST LE NOM QUI ME VIENT QUAND JE PENSE À ELLE.
QUAND J'AI SU NAGER, J'AI PLONGÉ DANS LA BAIE POUR LA RETROUVER. JE NE L'AI JAMAIS REVUE. J'IMAGINE QU'ELLE A EU UNE VIE ET UNE MORT DE COQUILLAGE.
JE N'AI JAMAIS CHERCHÉ MON PÈRE. PARCE QU'AU FOND JE CROIS QUE DIEUX ET MORTELS N'ONT RIEN À SE DIRE...

JE SUIS LE FRUIT D'UN CRIME. AVANT MOI, MA MÈRE N'ÉTAIT PAS LA GARDIENNE DE PHARE AMÈRE QUE J'AI TOUJOURS CONNUE. ELLE ÉTAIT JEUNE ET INTRÉPIDE. ELLE PASSAIT SES JOURNÉES AVEC SON COPAIN MILO À COURIR SUR LES TALUS, À ATTRAPER DES SAUTERELLES ET À RIRE TRÈS FORT DE SES PROPRES BLAGUES. ENFIN, C'EST CE QUE M'ONT DIT LES VIEUX DU VILLAGE, MÊME SI J'AI DU MAL À LES CROIRE.

UN JOUR QU'ELLE PLONGEAIT DE LA FALAISE, ELLE SE RETROUVA PRISONNIÈRE D'UNE ÉNORME BULLE, AU FOND DE L'EAU.

ELLE AVAIT BEAU TAMBOURINER CONTRE LA PAROI, LA BULLE N'ÉCLATAIT PAS. SOUDAIN, LES POISSONS S'ÉCARTÈRENT POUR LAISSER PASSER UNE AUTRE BULLE EMPLIE D'UNE LUMIÈRE ÉBLOUISSANTE. LES DEUX BULLES FUSIONNÈRENT ET MA MÈRE S'ÉVANOUIT.
ELLE SE RÉVEILLA LE LENDEMAIN SUR LA PLAGE. ELLE ÉTAIT ENCEINTE DE MOI.

TERRE.
SI TU VEUX TE DÉGOURDIR LES JAMBES, IL Y A UNE GROSSE ÎLE, LÀ-BAS.
TU VOIS, J'AVAIS RAISON, IL Y A DES ÎLES PARTOUT.
C'EST LA PREMIÈRE FOIS QUE NOUS FOULONS UNE TERRE INCONNUE.
SMOUITCH

BRITO !

TU M'ATTENDS ? J'AI UN CAILLOU DANS MA CHAUSSURE.
AH, MAIS !
ENCORE ?
RHAAAAH !
J'EN AI MARRE !
IL Y A TOUJOURS UN CAILLOU DANS CES FICHUES SANDALES !

CE SONT LES ALÉAS DU VOYAGE. PARTIR, ÇA VEUT DIRE MARCHER. MARCHER, ÇA VEUT DIRE AVOIR MAL AUX PIEDS.
AVANCE !
SI ON TROUVE UN VILLAGE, ON T'ACHÈTERA DES CHAUSSURES FERMÉES.
MUMPH !
GROUMF !
PFF

MMM.
PHYSALIS !
MAIS... QU'EST-CE QUE... ?

C'EST MA DAPHNÉ.
ELLE EST BELLE, N'EST-CE PAS ?
EUH... OUI... C'EST... ?
MA CHÉRIE, MA PAUVRE PETITE FILLE. ÇA FAIT DES ANNÉES QU'ELLE EST COMME ÇA.
QUE LUI EST-IL ARRIVÉ ?
UNE DES PIRES CHOSES QUI PUISSENT ARRIVER À UNE JEUNE FILLE.
UN DIEU EST TOMBÉ AMOUREUX D'ELLE.

APOLLON A POSÉ LES YEUX SUR ELLE PAR HASARD, ALORS QU'ELLE TRAVERSAIT UN RAYON DE SOLEIL, AU MILIEU DES FLEURS. ET SON REGARD EST RESTÉ FIXÉ SUR ELLE.
AU DÉBUT, IL A FAIT LE GENTIL. IL ÉCRIVAIT DES POÈMES.
MAIS VOUS SAVEZ COMMENT SONT LES DIEUX.
ILS N'ONT AUCUNE PATIENCE.
DAPHNÉ NE VOULAIT PAS DE LUI. IL NE L'A PAS SUPPORTÉ.
QUE LUI A-T-IL FAIT ?
IL L'A POURSUIVIE À TRAVERS LES BOIS POUR LA VIOLER. ELLE COURAIT AUSSI VITE QU'ELLE POUVAIT, ELLE N'ARRIVAIT PAS À LE SEMER. DAPHNÉ APPELAIT AU SECOURS. ELLE CRIAIT.
SON PÈRE A RÉPONDU À SON APPEL. SON PÈRE EST LE DIEU-FLEUVE PÉNÉE.
HÉLAS, C'EST AUSSI UN CRÉTIN.
LA SEULE IDÉE QU'IL AIT TROUVÉE POUR LA SAUVER A ÉTÉ DE ME LA CHANGER EN LAURIER !
IL A CHANGÉ MA FILLE EN ARBRE.
IL NE PEUT PAS LA FAIRE REDEVENIR HUMAINE ?
PEUT-ÊTRE LE POURRAIT-IL.

MAIS APOLLON EST TOUJOURS LÀ. IL RÔDE DANS LE BOIS. IL CARESSE SES BRANCHES, IL ENLACE SON TRONC. IL A LE TEMPS, C'EST UN DIEU.
MAIS ELLE... LE TEMPS A PASSÉ SANS ELLE. LE GARÇON QU'ELLE AIMAIT S'EST MARIÉ. IL A EU DEUX ENFANTS TRÈS LAIDS AVEC UNE FEMME TRÈS BÊTE. PUIS IL EST PARTI À LA GUERRE. JE NE SAIS PAS S'IL RENTRERA.
JE VIENS ICI TOUS LES JOURS RACONTER À MA FILLE LES HISTOIRES DES GENS DE CHEZ NOUS, LES POTINS, LES BÊTISES QUE FONT LES PETITS DE SES AMIES D'ENFANCE.
JE NE LUI PARLE PAS DE SON AMOUREUX QUI FAIT L'IDIOT SUR LES CHAMPS DE BATAILLE, NI DES VIEUX QUI MEURENT, PEU À PEU. JE NE VEUX PAS L'ATTRISTER.

MAIS SI ELLE RENTRAIT MAINTENANT, JE NE SAIS PAS SI ELLE S'Y FERAIT.
ELLE APPARTIENT AU MONDE DES ARBRES, DÉSORMAIS.
LÀ, MA BELLE. AU MOINS, TU N'AURAS PAS FROID.
TCHIK
QU'EST-CE QUE VOUS FAITES ?
C'EST POUR MA SOUPE.
ÇA PARFUME.
IL N'Y A PAS D'AUTRES LAURIERS PAR ICI.

PHYSALIS !
DERRIÈRE CE CHÊNE !
JE SAIS.
APOLLON.
VITE ! CACHONS-NOUS !
TU NE VEUX PAS LUI PARLER ? JE CROYAIS QUE TU CHERCHAIS NOS FRÈRES ?
NOUS CHERCHONS LES BÂTARDS.
PAS LES VIOLEURS, LES TYRANS DE L'OLYMPE.

Ô, NYMPHE DE MON CŒUR,
ABREUVE-TOI DE MES PLEURS,
PLONGES-Y TES RACINES,
DÉPOSE TES ÉPINES.
TES FEUILLES ET TA SÈVE
PARFUMENT TOUS MES RÊVES.
TA PUDEUR VÉGÉTALE,
D'UNE PLUIE DE PÉTALES,
TE DÉROBE À MA VUE.
Ô, DAPHNÉ, OÙ ES-TU ?
DANS LE MONDE TAISEUX
DES ARBRES SENTENCIEUX,
TU VIS UN AUTRE RYTHME,
LOIN DES CHANTS ET DES HYMNES.
CLING
CLING

ET JE CHANTE SANS TOI...
... CAR TU NE M'AIMAIS PAS.

BRITO ? TU PLEURES ?
C'EST BÊTE, JE SAIS.
IL L'A FORCÉE À FUIR ! C'EST DE SA FAUTE SI ELLE EST DEVENUE UN ARBRE, SI ELLE A PERDU SES AMIS, SA VIE !
JE SAIS.
MAIS CETTE CHANSON... C'EST TOUJOURS TRISTE, LES AMOURS NON PARTAGÉES.
BLING
KLIG
BLING
PLING
ELLE EST UN ARBRE POUR TOUJOURS.
BLING
BLING
ELLE NE CONNAÎTRA PAS L'AMOUR.
PLING
PLING

JE LUI AI RAVI TOUS SES AMIS, IL NE RESTE RIEN DE SA VIE.
MAIS ELLE N'AVAIT QU'À M'AIMER !
CETTE SALOPE L'A BIEN CHERCHÉ !
IL NOUS A ENTENDUES !
LES DIEUX ENTENDENT TOUT, GAMINES, MÉFIEZ-VOUS !
RETOURNEZ VOUS TERRER AU FOND DE VOS TERRIERS. VOUS N'ÊTES PAS DE TAILLE POUR TENTER LA BATAILLE !
FILLES DE RIEN, VOUS N'ÊTES RIEN !
COURS !

FILLES DE RIEN,
VOUS N'ÊTES RIEN !

CHAPITRE TROIS

ABONDANCE DE RIEN
NE NUIT PAS

QUAND ON VEND LA PEAU DE L'OURSE,
CERTES, ON REMPLIT SA BOURSE.
MAIS SANS BÊTE SAUVAGE,
LA VIE DEVIENT TROP SAGE.

PFF ! DES MÛRES... ON AURA ENCORE PLUS FAIM APRÈS.
IL N'Y A RIEN D'AUTRE. ON A FINI NOS RÉSERVES.
ON A TON LANCE-PIERRE, NON ?
ON POURRAIT CAILLASSER UN OU DEUX OISEAUX ET LES RÔTIR À LA BROCHE.
VAS-Y, TOI. MOI JE NE SAIS PAS FAIRE.
POURQUOI TU L'AS PRIS, ALORS ?
DEUX FILLES SEULES SUR LES ROUTES... J'AI PENSÉ QU'ON AURAIT PEUT-ÊTRE BESOIN DE SE DÉFENDRE. C'EST TOUT CE QUE J'AVAIS COMME ARME.
ÇA NE NOUS AURAIT PAS AIDÉES SI APOLLON AVAIT DÉCIDÉ DE NOUS POURSUIVRE...
ON NE PEUT RIEN FAIRE CONTRE LES DIEUX, C'EST LE PRINCIPE.
QUAND MÊME, QUEL.. !
CHUT !
NE PARLE PAS DE LUI. CE N'EST PAS PARCE QU'IL N'EST PAS LÀ QU'IL NE NOUS ENTEND PAS.

JE MANGE MES MÛRES ET JE ME TAIS, ALORS.
OUI.
PLOC
TIENS, IL PLEUT.
IL PLEUT MÊME BEAUCOUP !
REGARDE LA COULEUR DU CIEL. IL FAUT QU'ON SE TROUVE UN ABRI.
ET IL FAUT LE TROUVER VITE.
ZA BOONG!
PSHING!

PSHING
LÀ-BAS ! IL Y A UNE GROTTE ! COURS !
PFF ! CE NE SONT PLUS DES CHEVEUX QUE J'AI, MAIS DES ALGUES !
TU ES UNE FILLE DU BORD DE MER.
J'AIME BIEN L'ORAGE.
JE TROUVE ÇA APAISANT.
TU RIGOLES OU QUOI ?
NON. LE CIEL SE DÉCHAÎNE ET ON TROUVE UN ABRI. ON SE ROULE EN BOULE ET ON REGARDE LES ÉCLAIRS ILLUMINER LE MONDE.

ON NE PEUT RIEN FAIRE POUR LES ARRÊTER. ALORS ON NE FAIT RIEN. ÇA REPOSE. ON S'ABANDONNE À DES FORCES PLUS GRANDES QUE NOUS ET LA MAIN GIGANTESQUE QUI NOUS TIENT NOUS SECOUE SANS NOUS BROYER.
AU BOUT D'UN MOMENT, LE CALME REVIENT ET ON PEUT REPRENDRE NOTRE VIE DOUCEMENT, LE CORPS ENCORE UN PEU ENGOURDI.
POUR MOI, LE TONNERRE EST UN AFFRONT PERSONNEL. COMME SI NOTRE PÈRE NOUS NARGUAIT AVEC SES FOUDRES DE M'AS-TU-VU.
PHYSALIS...
JE NE CROIS PAS QU'ON L'INTÉRESSE ASSEZ POUR QU'IL GASPILLE SES FOUDRES POUR NOUS.
SI C'EST VRAI...
... ÇA M'ÉNERVE ENCORE PLUS.
GROARR
AAAAAAAAH !

AAAAAAAAAAAAAAAAAAAH !
ARRÊTEZ DE CRIER !
VOUS NE VOYEZ PAS QUE VOUS LUI FAITES PEUR ?
PEUR ?
MAIS OUI ! VOUS VOUS INTRODUISEZ DANS SA CAVERNE SANS PRÉVENIR, SANS AVOIR LA CORRECTION DE DEMANDER L'HOSPITALITÉ.
FORCÉMENT, ELLE S'INQUIÈTE.
ELLE... S'INQUIÈTE ? CETTE ÉNORME BÊTE FÉROCE ?
CE N'EST PAS UNE BÊTE FÉROCE.
C'EST MA MAMAN.

C'EST BIZARRE, NON ?
AUTANT DE TAONS DANS UNE GROTTE...
LES TAONS SONT UNE MALÉDICTION.

HÉRA LES A LÂCHÉS SUR MA MÈRE POUR LA TORTURER.
QUAND ELLE ÉTAIT HUMAINE, MAMAN ÉTAIT TRÈS BELLE.
C'ÉTAIT UNE PRÊTRESSE D'ARGOS DU NOM DE IO. ELLE PORTAIT DE LONGUES TUNIQUES QUI TOMBAIENT JUSQU'À SES PIEDS ET SES CHEVEUX ÉTAIENT PRESQUE AUSSI LONGS.
SA BEAUTÉ A ATTIRÉ SUR ELLE LE REGARD DU GRAND ZEUS.
IL L'A ENLEVÉE ET CHANGÉE EN GÉNISSE POUR LA SOUSTRAIRE AUX REGARDS D'HÉRA.
MAIS HÉRA N'EST PAS SI BÊTE. LES ÉPOUX TROMPÉS LE SONT RAREMENT. ZEUS PASSAIT SON TEMPS AUPRÈS D'UNE VACHE. LORSQUE HÉRA VIT LES FLANCS DE MA MÈRE S'ARRONDIR, SES DOUTES FURENT LEVÉS.
ELLE A LANCÉ SUR MA MÈRE CET ESSAIM DE TAONS, SA VENGEANCE DE DÉESSE BAFOUÉE.
LA NUIT, LE JOUR, L'HIVER, L'ÉTÉ... JAMAIS ILS NE SE LASSENT, JAMAIS ILS NE DORMENT, JAMAIS ILS NE MEURENT. ILS LA HARCÈLENT SANS RELÂCHE, LA PIQUENT JUSQU'À LA RENDRE FOLLE.
MA PAUVRE MÈRE A TENTÉ DE FUIR. ELLE A COURU LE MONDE À S'EN USER LES SABOTS, NE S'ARRÊTANT QUE POUR VÊLER. APRÈS MA NAISSANCE, ELLE A LIMITÉ SES COURSES AUX PRAIRIES VOISINES, POUR RESTER PRÈS DE MOI.
DE TOUTE FAÇON, À QUOI BON COURIR ?
ELLE NE SÈMERA JAMAIS CES MAUDITES BESTIOLES.
ZEUS NE PEUT PAS L'EN LIBÉRER ?
IL NE VEUT PAS D'ENNUIS AVEC SA FEMME.

CRAC
RAAOOOR !
ROOOAAAAAAAR !
MAMAN !
NON !

MAMAN, VOYONS ! TU SAIS BIEN QUE CE N'EST PAS SA FAUTE.
EN GÉNÉRAL, ON LA LAISSE DEHORS, ELLE FAIT MOINS DE DÉGÂTS, MAIS LÀ, AVEC L'ORAGE...
IL NE FAUT PAS CROIRE, ELLES S'AIMENT BIEN. ELLES ONT BEAUCOUP EN COMMUN. NOUS SOMMES UNE FAMILLE. NOUS FAISONS DE NOTRE MIEUX POUR FAIRE DE CETTE GROTTE UN VRAI FOYER.
ARCAS ET MOI, ON A TOUT DÉCORÉ.
ÉPAPHOS FAIT DE TRÈS JOLIS BOUQUETS AVEC DES CHARDONS, DES BLEUETS, DES IMMORTELLES. MA MÈRE LES ADORE.
MA MÈRE AUSSI. ELLE LES MANGE MÊME, PARFOIS.
HAHA ! ÇA NON PLUS, MA MÈRE NE LE SUPPORTE PAS. IL FAUT LA COMPRENDRE. AVANT DE DEVENIR UNE OURSE, ELLE VIVAIT ENTOURÉE D'AMIES, À COURIR DANS LES BOIS, À SE BAIGNER DANS DES RUISSEAUX DE MONTAGNE.
CALLISTO, LA PLUS BELLE DES NYMPHES CHASSERESSES DE LA SUITE D'ARTÉMIS !
MRRR
GRATT GRATT
C'ÉTAIT UNE BANDE DE FILLES LIBRES, NOMADES, LESTES ET INFATIGABLES. ELLES ÉTAIENT VIERGES ET NE RESSENTAIENT NUL BESOIN DE LA COMPAGNIE DES HOMMES. LEUR FOYER ÉTAIT LA DÉESSE QU'ELLES SUIVAIENT. LEUR FAMILLE, LES NYMPHES QU'ELLES AVAIENT CHOISIES POUR SŒURS.

ZEUS VENAIT SOUVENT VOIR SA FILLE ARTÉMIS ET SES SUIVANTES, CAR ON NE POUVAIT SANS PLAISIR APPROCHER TANT DE JEUNESSE ET DE BEAUTÉ. ARTÉMIS VOYAIT CES VISITES AVEC MÉFIANCE. ELLE AVAIT RAISON.
ZEUS AVAIT REPÉRÉ CALLISTO. IL N'EN LAISSA RIEN PARAÎTRE SUR LE MOMENT, SE CONTENTANT DE L'ESPIONNER DEPUIS L'OLYMPE. MAIS UN MATIN QU'ELLE S'ÉTAIT ÉLOIGNÉE DE SES COMPAGNES, IL VINT À ELLE, GRIMÉ EN ARTÉMIS. LE TEMPS QU'ELLE S'APERÇOIVE DE LA SUPERCHERIE, MA MÈRE ÉTAIT DÉJÀ DANS SES BRAS, ÉCRASÉE DE SA TOUTE-PUISSANCE. LORSQU'ELLE REGAGNA LA TROUPE, ELLE N'ÉTAIT PLUS VIERGE.
ELLE ESPÉRAIT POUVOIR CACHER SA HONTE MAIS...
... ELLE ÉTAIT ENCEINTE.

ZEUS NE SE CONTENTE PAS DE VIOLER LES FEMMES, IL LES ENGROSSE.
IL SÈME LES BÂTARDS PAR LE MONDE.
LES DEMI-DIEUX !
SI VOUS PRÉFÉREZ.
NOUS PRÉFÉRONS.
MA MÈRE A ÉTÉ BANNIE. ARTÉMIS N'ADMET QUE DES VIERGES AUTOUR D'ELLE. ELLE A SUPPLIÉ ZEUS D'INTERCÉDER EN SA FAVEUR MAIS C'EST HÉRA QUI A ENTENDU SON APPEL.
ET ELLE Y A RÉPONDU EN LUI LANÇANT CETTE MALÉDICTION. SA PEAU SI DOUCE S'EST COUVERTE DE CE PELAGE RÊCHE, SES ONGLES SE SONT TRANSFORMÉS EN GRIFFES.
SON MUSEAU BRUN EST LA PREMIÈRE CHOSE QUE J'AIE VUE DE MA VIE.

UN JOUR, QUAND J'AVAIS DIX OU DOUZE ANS, NOUS SOMMES RETOMBÉS SUR LA TROUPE D'ARTÉMIS. ELLES NOUS ONT MIS EN JOUE. SI MAMAN NE M'AVAIT PAS POUSSÉ, J'AURAIS ÉTÉ TRANSPERCÉ PAR UNE FLÈCHE.
ELLES NE VOUS AVAIENT PAS RECONNUS ?
OH SI.
MAIS POUR ELLES, CALLISTO EST MORTE.
QUAND ELLE A ÉTÉ MÉTAMORPHOSÉE ?
QUAND ELLE A ÉTÉ DÉSHONORÉE.
MAIS... ELLES ÉTAIENT SES AMIES ! ET ELLE N'Y ÉTAIT POUR RIEN ! CE N'ÉTAIT QU'UNE VICTIME DE PLUS DE CE DIEU QUI DÉVORE LES FEMMES COMME DES AILES DE POULET !
CE DIEU MALFAISANT QUI FAIT DE SON DÉSIR UNE LOI À LAQUELLE LES FEMMES SACRIFIENT LEUR DIGNITÉ ET LEUR JOIE !
MAIS ENFIN ! TU VEUX QU'ON FINISSE TOUS FOUDROYÉS ?

QUI ES-TU DONC, JEUNE FILLE EN COLÈRE, POUR BLASPHÉMER AINSI À VOIX HAUTE ?
JE SUIS VOTRE SŒUR, PHYSALIS. BRITOMARTIS ET MOI FAISONS PARTIE DES ENFANTS QUE ZEUS A SEMÉS DANS SON SILLAGE D'AMOURS VIOLENTES ET NON CONSENTIES.
C'EST POUR RENCONTRER NOS FRÈRES QUE NOUS SOMMES PARTIES SUR LES ROUTES. POUR VOUS RENCONTRER, VOUS. MARCHONS ENSEMBLE À LA RENCONTRE DU DESPOTE QUI NOUS A ENGENDRÉS !
HA HA HA HA HA HA HA HA HA HA
MAIS ENFIN ? QU'ATTENDS-TU DE LUI ? DES EXCUSES ?
SI NOUS OSONS SEULEMENT PRONONCER SON NOM D'UN TON QUI LUI DÉPLAÎT, IL NOUS GRILLERA VIFS !
PAJAM
LÀ, TU VOIS !

IL FAIT SI BEAU ! L'ORAGE A CESSÉ D'UN COUP.
PEUT-ÊTRE QUAND TU AS CESSÉ DE BLASPHÉMER ?
ÇA VA, J'AI COMPRIS. JE DEVRAIS RÉFLÉCHIR AVANT DE PARLER.
AVANT D'AGIR AUSSI. RENONCE. RENONCE À CE PROJET IDIOT ET INUTILE.
ARCAS... LES ENFANTS SONT EN DROIT DE DEMANDER DES COMPTES AU PÈRE QUI LES A CONÇUS ET ABANDONNÉS.
LES ENFANTS SONT EN DROIT DE SE FAIRE ÉCRABOUILLER.
SI NOUS VIVONS ICI, ENSEMBLE, C'EST QUE NOUS N'APPARTENONS À AUCUN MONDE. NOUS NE SOMMES PAS VRAIMENT HUMAINS. ET NOUS N'AVONS PAS EN NOUS ASSEZ DE DIVIN POUR REJOINDRE L'OLYMPE.
MAIS NOUS L'ACCEPTONS.

NOUS SOMMES DES DEMI-DIEUX, LE CUL ENTRE DEUX CHAISES.
NOUS SOMMES DES BÂTARDS.
TU Y TIENS !
OUI !
MERCI POUR VOTRE ACCUEIL, ÉPAPHOS.
DE RIEN, MA SŒUR. JE SUIS HEUREUX QUE LA FAMILLE S'AGRANDISSE. REVENEZ VITE ET REVENEZ ENTIÈRES.
C'EST POUR ÇA QUE J'ACCOMPAGNE PHYSALIS ! POUR ÉVITER QU'ELLE SE FASSE TUER !
ESPÉRONS QUE VOUS NE VOUS FASSIEZ PAS TUER ENSEMBLE.
IL FAUT BIEN FAIRE DES CHOSES ENSEMBLE.
DIS, ÉPAPHOS...
IL ME SEMBLE QUE TU AS OUBLIÉ DE ME PRÉSENTER QUELQU'UN.
AH, OUI ! C'EST ASTÉRIA. ELLE EST SI DISCRÈTE QU'ON L'OUBLIE PARFOIS.
ELLE A ÉTÉ CHANGÉE EN CAILLE POUR ÉCHAPPER À ZEUS MAIS NOUS N'EN SAVONS PAS PLUS.
ELLE EST TRÈS FACILE À VIVRE. UN PEU DE GRAIN ET D'EAU ET ELLE EST CONTENTE.

LE BLÉ EST DÉVASTÉ ! L'ORAGE N'A PAS LAISSÉ UN SEUL ÉPI DEBOUT.
C'EST DE TA FAUTE, AUSSI !
JE T'AVAIS DIT DE SACRIFIER TA CHÈVRE LA PLUS GRASSE À ZEUS ET PAS CETTE VIEILLE BIQUE MALADE.
POLLINOS LUI A OFFERT SA PLUS BELLE BÊTE ET SES CHAMPS SONT INTACTS.
POLLINOS A LES MOYENS DE CAJOLER LES DIEUX.
PEUT-ÊTRE A-T-IL LES MOYENS PARCE QU'IL LES CAJOLE.

DIS, BRITO...
C'EST SÛREMENT DANS MA TÊTE MAIS...
... DEPUIS QUE NOUS SOMMES PARTIES DE LA GROTTE, J'AI L'IMPRESSION QUE LES LÉZARDS, LES CHATS ET LES SAUTERELLES NOUS REGARDENT BIZARREMENT.
PEUT-ÊTRE QUE CE NE SONT PAS DES LÉZARDS, DES CHATS ET DES SAUTERELLES.
C'EST CE QUE JE ME DISAIS.
MAIS PEUT-ÊTRE QUE SI.
IL FAUT ACCEPTER DE NE PAS SAVOIR ?
OUI.
IL FAUT ACCEPTER DE NE JAMAIS RIEN SAVOIR ?
PAS RIEN...
... PRESQUE RIEN.
HA HA

CHAPITRE QUATRE

ON A RAREMENT BESOIN
D'UN PLUS PETIT QUE SOI

J'AIMERAIS QU'ON M'EXPLIQUE POURQUOI CETTE BESTIOLE NOUS AS SUIVIES...
ELLE S'ENNUYAIT DANS SA GROTTE.
ELLE VOULAIT VOIR LE MONDE.
CE N'EST PAS FACILE POUR UNE CAILLE DE VOYAGER SEULE.
ON S'ENTEND TRÈS BIEN TOUTES LES DEUX. ON A TOUT DE SUITE ACCROCHÉ.
HEIN, MA CAILLE ?
SUPER.
STOP ! ARRÊTEZ !
FAITES ATTENTION OÙ VOUS METTEZ LES PIEDS !

VOUS ALLEZ ÉCRASER POLLI ET ÉRICHNOS !
VOTRE PIED ! BRUTES ! MEURTRIÈRES ! INCONSCIENTES !
VOUS SEMEZ LA MORT ET LA DESTRUCTION SANS MÊME VOUS EN RENDRE COMPTE !
VENEZ, MES PETITS. VENEZ VOIR VOTRE ROI, VOTRE BON ROI ÉAQUE.
JE SUIS LÀ, JE VOUS PROTÈGE.
VOUS NE VOUS RENDEZ PAS COMPTE DE CE QUE VOUS AVEZ FAILLI FAIRE ! ÉRICHNOS EST MUSICIEN. IL JOUE DES AIRS DÉLICIEUX QUI ENCHANTENT NOS SOIRÉES. SI VOUS L'AVIEZ ÉCRASÉ, LE SILENCE SERAIT TOMBÉ SUR MON PEUPLE.
AH... EUH... OUI... ÇA'URAIT ÉTÉ TERRIBLE.
QUANT À POLLI, ELLE EST BERGÈRE. UN MEMBRE UTILE DE NOTRE COMMUNAUTÉ.
BERGÈRE ? C'EST QUOI SES MOUTONS ? DES PUCERONS ?
DÉSOLÉ SI JE VOUS AI FAIT PEUR MAIS UN ROI SE DOIT DE PROTÉGER SES SUJETS.

LE MÉTIER DE ROI N'EST PAS TOUJOURS FACILE. JE SUIS COMME LE PÈRE D'UNE FAMILLE NOMBREUSE. MES ENFANTS SONT PARFOIS INDISCIPLINÉS, ILS NE SAVENT PAS TOUJOURS CE QUI EST BON POUR EUX. MAIS LA PLUPART DU TEMPS, CE SONT DE BONS PETITS.
COMMENT S'APPELLE TON PEUPLE ?
CE SONT LES MYRMIDONS. MON PÈRE LES A CRÉÉS POUR MOI, POUR QUE JE NE ME SENTE PAS SEUL.
JE NE SAIS PAS QUI EST SON PÈRE MAIS IL S'EST BIEN FICHU DE LUI...
VENEZ, JE VAIS VOUS FAIRE VISITER MON ROYAUME !
ASTÉRIA !
EUH... DÉSOLÉE, C'EST TRÈS GENTIL MAIS NOUS N'AVONS PAS LE TEMPS DE FAIRE DU TOURISME. IL NOUS RESTE BEAUCOUP DE CHEMIN À PARCOURIR.
OH ! QUELLE DÉCEPTION !
C'EST POURTANT UN BIEN BEAU ROYAUME.
NOUS N'EN DOUTONS PAS.
LAISSE LES MYRMIDONS TRANQUILLES ! ON NE MANGE PAS LE PEUPLE DES GENS !
MAIS LÀ, IL FAUT VRAIMENT QU'ON Y AILLE.
BRITO ! DÉPÊCHE ! ON Y VA.

C'EST DOMMAGE QUAND MÊME.
C'EST DOMMAGE MAIS ON Y VA.
ALLEZ, BRITO ! CE CINGLÉ ME FICHE LA FROUSSE !
IL N'A PAS L'AIR MÉCHANT.
PAS BESOIN D'ÊTRE MÉCHANT POUR ÊTRE MARTEAU.
TU CROIS QUE C'EST LE SOLEIL QUI REND LES GENS FOUS ?
SI C'EST ÇA, ON FERAIT BIEN DE SE TROUVER DES CHAPEAUX.
HA HA
AAAAAAAH !
QUOI ? QU'EST-CE QU'IL Y A ?
CES FICHUES FOURMIS ! J'EN AI SUR LE BRAS.
CE SONT SÛREMENT LES EXPLORATRICES DE LA CITÉ D'EAQUE.
IL EN FAUT DANS TOUTES LES CITÉS...
DIS, BRITO... REGARDE !
CES FOURMIS...
... ELLES ONT DES VISAGES.

JE N'AI JAMAIS RIEN VU D'AUSSI DÉGOÛTANT.
VOUS N'AVEZ PAS DÛ VOIR GRAND-CHOSE, ALORS.
CELA DIT...
... C'EST VRAI QUE CES MACHINS SONT DÉGUEULASSES.
AAAAAAAAAAAH !
HA HA
SBAM
SHKOUIK
ÉAQUE PRÉTEND QU'IL EST LE FILS DE ZEUS ET QUE SON PEUPLE EST UN PEUPLE MAGIQUE. POUR UN PEUPLE MAGIQUE, IL SE LAISSE FACILEMENT ÉCRASER.
SI L'ON VOUS DÉGOÛTE SI FACILEMENT, VOUS FERIEZ MIEUX DE TOURNER LES TALONS. VOUS ENTREZ SUR LES TERRES DU ROI MINOS.
POUR LES FOULER IL FAUT LES AVOIR BIEN ACCROCHÉES.
JE CROYAIS QUE MINOS ÉTAIT UN ROI BON ET JUSTE...
IL L'ÉTAIT.

LES GENS CHANGENT. LA VIE LES TORD. ET L'HISTOIRE DE MINOS EST DU GENRE TORDU. ALLEZ, JE VOUS LA RACONTE AU CAS OÙ ELLE NE SERAIT PAS ARRIVÉE JUSQU'À VOTRE PATELIN. ZEUS A SÉDUIT EUROPE, LA MÈRE DE MINOS, SOUS LA FORME D'UN TAUREAU BLANC. LE PETIT VEAU A GRANDI ET IL EST DEVENU LE ROI BON ET JUSTE DE CRÈTE.
UN JOUR, POSÉIDON A EXIGÉ DE MINOS UN SACRIFICE. POUR SON ANNIVERSAIRE ? POUR LA FÊTE DE LA MER ? OU JUSTE COMME ÇA ? JE NE ME SOUVIENS PLUS... IL A DEMANDÉ AU ROI DE LUI SACRIFIER SA PLUS BELLE BÊTE, UN TAUREAU BLANC COMME L'ÉCUME. MINOS LUI A SUBSTITUÉ EN DOUCE UNE PAUVRE CARNE MALINGRE. PAR PINGRERIE, SANS DOUTE. LE DIEU L'A MAL PRIS, IL A MAL RÉAGI. IL A JETÉ UN SORT À L'ÉPOUSE DE MINOS. PASIPHAÉ S'EST FOLLEMENT ÉPRISE DU TAUREAU QUE LE ROI AVAIT ÉPARGNÉ.

L'INGÉNIEUX DÉDALE A CONSTRUIT UNE MACHINE POUR PERMETTRE À LA REINE DE S'ACCOUPLER AVEC L'ANIMAL.
ELLE EST TOMBÉE ENCEINTE.
LA CRÉATURE ENGENDRÉE ÉTAIT UN MONSTRE MI-HOMME MI-TAUREAU. ÉNORME, LA BESTIOLE ! AUSSITÔT NÉE, LA BÊTE FUT BOUCLÉE PAR MINOS DANS UN LABYRINTHE AUX MURS ÉPAIS. CONSTRUIT PAR DÉDALE AUSSI, HA HA !
MAIS MÊME ENSEVELIE DANS SA PRISON, LA BÊTE TERRORISE LE PAYS. CHAQUE ANNÉE, ELLE EXIGE LE MÊME CRUEL SACRIFICE.
SEPT JEUNES GARÇONS ET SEPT JEUNES FILLES DOIVENT LUI ÊTRE LIVRÉS.
AU FIL DES ANS, DES CENTAINES DE GOSSES SONT MORTS DÉVORÉS ENTRE CES MURS...
QU'ARRIVERAIT-IL SI ON NE LES LUI LIVRAIT PAS ?
LE MINOTAURE DÉVASTERAIT L'ÎLE.
VOUS FERIEZ MIEUX DE REPARTIR D'OÙ VOUS VENEZ, PETITES. L'ÉPOQUE DU TRIBUT APPROCHE ET VOUS ÊTES MIGNONNES À CROQUER. APPÉTISSANTES COMME DES TARTELETTES !
LE MONSTRE A DES GOÛTS DE LUXE. IL NE MANGE QUE DES GENS TRÈS BEAUX. MOI, JE SUIS AU MIEUX PASSABLE, ALORS ÇA VA.
TOI, TU Y ÉCHAPPERAS PEUT-ÊTRE AUSSI.
MAIS TOI, AUCUNE CHANCE.

CRÉTIN !
HA HA
ON N'EST PAS VENUES POUR RIEN, DIS DONC. ÉAQUE, MINOS... DEUX FRÈRES TIMBRÉS POUR LE PRIX D'UN. QUELLE FAMILLE !
MMMMMM...
AVEC LEQUEL DES DEUX VEUX-TU TISSER DES LIENS FRATERNELS EN PREMIER ?
MINOS.
JE NE RETOURNE PAS VOIR LE ROI DES FOURMIS. IL ME FAIT FROID DANS LE DOS.
ET SES BESTIOLES ENCORE PLUS ! YARK !
TU PRÉFÈRES FINIR MANGÉE PAR LE MINOTAURE ?
NON MAIS BON...
JE SUIS TROP MOCHE POUR ÊTRE MANGÉE, ALORS...
ALORS TOUT VA BIEN !
HÉ OUAIS !

ILS NE SONT PAS BIEN BEAUX. ET IL MANQUE UNE FILLE.
JE SUIS DÉSOLÉ, MON ROI, ON A FAIT CE QU'ON A PU. LES GAMINS SE PLANQUENT QUAND L'ÉCHÉANCE APPROCHE.
LAISSE-LES PARTIR, MINOS. CE NE SONT QUE DES GOSSES. ILS SONT TERRIFIÉS, REGARDE-LES.
MA FEMME CHÉRIE, TU NE ME LAISSES GUÈRE LE CHOIX.
C'EST BIEN JOLI DE PLEURNICHER MAIS QUI DONC A ENFANTÉ LE MONSTRE QUI VA RÉDUIRE EN PURÉE CES PAUVRES PETITS ? JE NE FAIS QUE NOURRIR TA PROGÉNITURE.
EN PURÉE ? IL A DIT EN PURÉE ?
TOUT EST DE MA FAUTE, JE LE SAIS BIEN.
C'EST MOI QUE TU DEVRAIS JETER DANS LE LABYRINTHE À LA PLACE DE CES ENFANTS.
POUR QUE LE MONSTRE TE MANGE ?

IL SE POURRAIT QU'IL ME MANGE. ET APRÈS ? PEUT-ÊTRE SE LAISSERAIT-IL FLÉCHIR ? JE SUIS SA MÈRE, APRÈS TOUT, ET TU ME L'AS ENLEVÉ DÈS SA NAISSANCE.
J'AURAIS DÛ L'ÉLEVER AU PALAIS AVEC MES PROPRES ENFANTS ?
NON, MAIS... PEUT-ÊTRE QU'IL LUI A SEULEMENT MANQUÉ L'AMOUR D'UNE MÈRE ?
LES MONSTRES ET LES INFIDÈLES NE MÉRITENT AUCUN AMOUR. VOUS ÊTES L'UN ET L'AUTRE À LA PLACE QUI VOUS SIED.
ROI MINOS ?
NOUS AVONS CAPTURÉ DEUX JEUNES ÉTRANGÈRES. NOUS AVONS PENSÉ QU'ELLES POURRAIENT COMPLÉTER LE TRIBUT.
LÂCHE-MOI !
TU NE NOUS AS PAS CAPTURÉES, ABRUTI !
PESTE !
NOUS LES AVONS ABORDÉS À L'ENTRÉE DU PALAIS POUR OBTENIR UNE AUDIENCE ! ET ILS NOUS ONT AMENÉES À VOUS DE LA FAÇON LA PLUS GROSSIÈRE QU'ILS ONT TROUVÉE.
TU AS RAISON, SOLDAT.
CELLE-CI SERA PARFAITE POUR LE MONSTRE.

L'AUTRE, PAR CONTRE, EST BIEN TROP JOLIE. AVEC SA PEAU NACRÉE, ELLE A L'AIR DE SORTIR D'UN COQUILLAGE.
JE POURRAIS LA GARDER POUR MOI.
NON...
QU'EN DIS-TU, PASIPHAÉ ? N'EST-IL PAS TEMPS QUE JE ME REMARIE ?
QUOI ?
MINOS ! NON ! NE LA TOUCHEZ PAS !
NOUS SOMMES VOS SŒURS ! NOUS SOMMES DES ENFANTS DE ZEUS, COMME VOUS !
C'EST FOU CE QUE LA CHAIR À CANON PEUT INVENTER POUR ÉVITER LA MORT.
MAIS LES MONSTRES ONT BESOIN DE MANGER.
GARDES, ALLEZ LIVRER SON REPAS AU MINOTAURE.
NON ! LAISSEZ-LA ! PHYSALIS ! PHYSALIS !
QUANT À CELLE-CI, VOUS ME LA FEREZ JOLIE, BIEN PEIGNÉE ET VOUS LA METTREZ DANS MES APPARTEMENTS.
NON ! BRITO !
PHYSALIiiiiS !
BRITOOOOO !

BLONK
CLONG
SNIRF
BOUH
DITES...
OUOUUH
VOUS NE VOULEZ PAS QU'ON COMMENCE À CHERCHER LA SORTIE ?
IL N'Y A PAS DE SORTIE ! ON VA TOUS MOURIR !
JE SUIS TROP JEUNE POUR ÊTRE MANGÉ !
ON N'EST JAMAIS TROP JEUNE POUR ÊTRE MANGÉ. LES HUMAINS COMME LES LAPINS.

BON. PERSONNE NE VIENT AVEC MOI, ALORS ?
TANT PIS.
NE PLEUREZ PAS TROP FORT, LE MONSTRE RISQUE DE VOUS ENTENDRE. SI JE TROUVE LA SORTIE, JE REVIENDRAI VOUS CHERCHER.

AAAAAAAH !
NON ! JE T'EN PRIE, ARRÊTE DE CRIER ! JE...
JE NE VOULAIS PAS TE FAIRE PEUR !
PITIÉ ! NE ME MANGEZ PAS !
JE SUIS HERBIVORE, JE NE MANGE QUE DE L'HERBE.
J'AIME BIEN AUSSI LES FLEURS...
BROOM

MAIS... TOUS CES OSSEMENTS ?
OUI... CES ENFANTS SONT MORTS. ET C'EST DE MA FAUTE.
MAIS JE NE LES AI PAS MANGÉS. ILS SONT MORTS DE FAIM, DE PEUR ET D'ÉPUISEMENT, PERDUS DANS LES REPLIS DU LABYRINTHE.
CHAQUE ANNÉE, JE VOIS LA PORTE SE REFERMER SUR EUX. ILS ONT TROP PEUR DE MOI POUR ME LAISSER LES AIDER.
ILS MEURENT EN CHERCHANT LA SORTIE.
ILS FUIENT, ILS SE PERDENT, ILS TOURNENT EN ROND, ILS DEVIENNENT FOUS ET PUIS ILS MEURENT.
ET JE SUIS DE NOUVEAU SEUL AU MILIEU DES OSSEMENTS. MAIS TOI... TOI, TU NE ME FUIS PAS.
POURQUOI NE T'ENFUIS-TU PAS ?
MA MÈRE DIT QUE JE SUIS UNE TÊTE BRÛLÉE.
TU ES ASSEZ INCONSCIENTE POUR APPROCHER LE MONSTRE QUE JE SUIS.
TU N'ES PAS UN MONSTRE.

OH SI ! JE SUIS SI MONSTRUEUX QUE MÊME MA MÈRE N'A PAS PU SUPPORTER MA VUE. JE SUIS SI MONSTRUEUX QUE JE TERRORISE UN ROYAUME ENTIER. MINOS M'UTILISE COMME ÉPOUVANTAIL. IL RACONTE QUE JE DÉVORE DES ENFANTS INNOCENTS ET TOUT LE MONDE LE CROIT. PARCE QUE JE SUIS UN MONSTRE. SI JE M'AVENTURAIS HORS DU LABYRINTHE, JE SERAIS LAPIDÉ.
ET C'EST TOUT CE QUE MÉRITENT LES MONSTRES : VIVRE CACHÉS OU ÊTRE BATTUS À MORT.
PERSONNE NE MÉRITE ÇA.

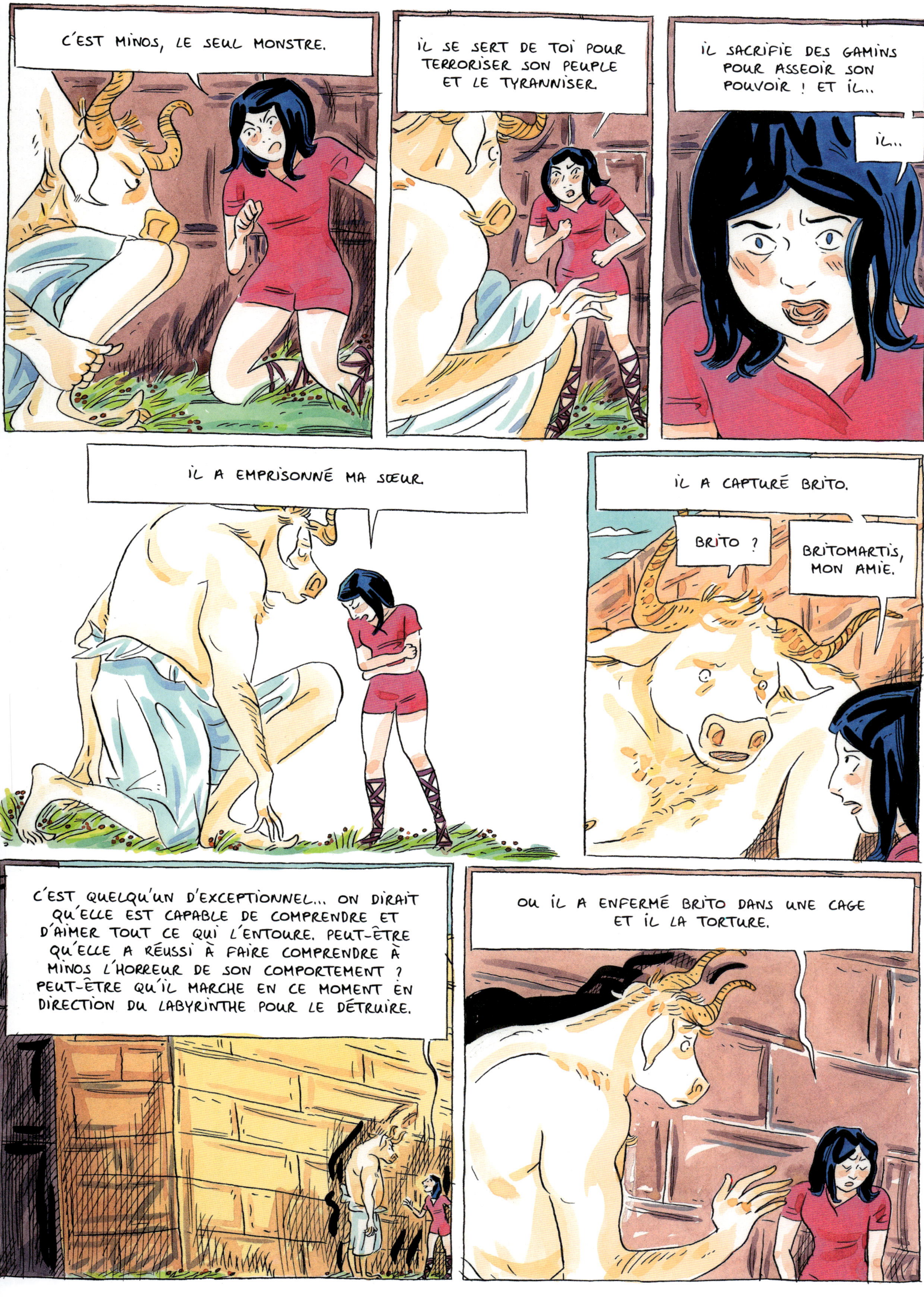
C'EST MINOS, LE SEUL MONSTRE.
IL SE SERT DE TOI POUR TERRORISER SON PEUPLE ET LE TYRANNISER.
IL SACRIFIE DES GAMINS POUR ASSEOIR SON POUVOIR ! ET IL..
IL..
IL A EMPRISONNÉ MA SŒUR.
IL A CAPTURÉ BRITO.
BRITO ?
BRITOMARTIS, MON AMIE.
C'EST QUELQU'UN D'EXCEPTIONNEL… ON DIRAIT QU'ELLE EST CAPABLE DE COMPRENDRE ET D'AIMER TOUT CE QUI L'ENTOURE. PEUT-ÊTRE QU'ELLE A RÉUSSI À FAIRE COMPRENDRE À MINOS L'HORREUR DE SON COMPORTEMENT ? PEUT-ÊTRE QU'IL MARCHE EN CE MOMENT EN DIRECTION DU LABYRINTHE POUR LE DÉTRUIRE.
OU IL A ENFERMÉ BRITO DANS UNE CAGE ET IL LA TORTURE.

TU DOIS SORTIR D'ICI ET ALLER LA SAUVER ALORS.
IL Y A UNE SORTIE ?
J'AI CASSÉ UNE PARTIE DU MUR D'ENCEINTE À L'ARRIÈRE. LES NUITS SANS LUNE, JE VAIS ME PROMENER SUR LES COLLINES.
POURQUOI NE T'EN VAS-TU PAS POUR DE BON ?
J'AI PEUR DE CE QUI POURRAIT M'ARRIVER DEHORS. ALORS JE RESTE CACHÉ.
JE N'AI PAS LA CHANCE, COMME TOI, D'AVOIR UNE AMIE AVEC QUI AFFRONTER LE MONDE.
C'EST LA PREMIÈRE FOIS QUE BRITO ET MOI SOMMES SÉPARÉES.
SANS MA SŒUR, JE NE SUIS QUE LA MOITIÉ DE MOI-MÊME.
JE N'AI JAMAIS VU MES FRÈRES ET SŒURS.
CE SONT DES PRINCES ET DES PRINCESSES. JE NE SUIS QU'UN BÂTARD.
LES BÂTARDS N'EXISTENT PAS.

IL N'Y A QUE DES ENFANTS. SI TU VEUX DE MOI, JE SERAI TA SŒUR.
JE VAIS ALLER CHERCHER LES PETITS ET LES GUIDER VERS LA SORTIE.
ENSUITE, JE RETROUVERAI BRITO POUR FUIR AUSSI LOIN QUE POSSIBLE DE CE ROYAUME DE FOUS.
MAIS JE REVIENDRAI. NOUS NOUS REVERRONS.
TU NE M'OUBLIERAS PAS ?
ON N'OUBLIE PAS SON FRÈRE.

LA SORTIE ! NOUS SOMMES LIBRES !
MERCI, PHYSALIS !
OH, MERCI ! SANS TOI NOUS SERIONS MORTS !
MAIS NON ! LE MINOTAURE...
OH, PHYSALIS ! TU NOUS A SAUVÉS DE L'ESTOMAC DU MONSTRE ! SANS TOI, NOUS NE SERIONS QUE BOUILLIE MÂCHÉE ET DIGÉRÉE !
VOUS NE M'ÉCOUTEZ PAS ! JE VOUS DIS QUE...
NOUS N'OUBLIERONS PAS CE QUE TU AS FAIT POUR NOUS, PHYSALIS ! L'ESTOMAC DU MINOTAURE RESTERA VIDE GRÂCE À TOI !
C'EST À DÉSESPÉRER !

LE PALAIS EST IMMENSE ! COMMENT VAIS-JE TROUVER BRITO ?
HH HH
HEUREUSEMENT, NOTRE CAILLE DE COMPAGNIE EST LÀ POUR M'AIDER.

PREMIER ÉTAGE, À GAUCHE.
C'EST ÉTRANGEMENT CALME. IL N'Y A AUCUN GARDE.
PEUT-ÊTRE MINOS S'ESTIME-T-IL ASSEZ TERRIFIANT POUR S'EN PASSER ?
BRITO !
C'EST UN PALAIS, PETITE PAYSANNE. LES PORTES ONT DES CLÉS.

ET S'IL Y A SI PEU DE GARDES, C'EST QUE LE ROI NE LEUR FAIT PAS CONFIANCE.
IL SAIT QUE POUR GARDER SES SECRETS, IL FAUT DES COULOIRS VIDES ET DES PORTES CLOSES.
CELLE-CI CACHE LE DERNIER SECRET DE PAPA. LA PETITE TRAÎNÉE QU'IL A RAMASSÉE POUR LA POSER SUR LE TRÔNE À LA PLACE DE MA MÈRE QUI MOISIT DANS LES GEÔLES.
TU ES... ?
ARIANE, FILLE LÉGITIME DE MINOS ET PASIPHAÉ.
TU AS LA CLÉ DE CETTE PORTE, ARIANE ?
J'AI TOUTES LES CLÉS DU PALAIS ET J'EN CONNAIS TOUS LES SECRETS.
OUVRE-MOI CETTE PORTE ET J'EMMÈNERAI MA SŒUR TRÈS LOIN D'ICI. TA MÈRE DEMEURERA LA SEULE REINE DU ROYAUME DE CRÊTE.
JE T'OUVRE POUR LE PLAISIR D'ENTENDRE MON PÈRE HURLER DE RAGE QUAND IL TROUVERA SA CATIN ENVOLÉE.
J'AI TROP BESOIN DE TA CLÉ POUR ME BAGARRER AVEC TOI. OUVRE-MOI.
PHYSALIS !

LE MONSTRE NE T'A PAS DÉVORÉE ! J'AVAIS SI PEUR !
LE MINOTAURE N'A RIEN DU MONSTRE QU'EN A FAIT MINOS.
MINOS.
BRITO... ÇA VA ?
MINOS... IL... IL T'A FAIT DU MAL ?
PEEEP! PEEEP!
BRITO, IL FAUT QU'ON FILE AVANT QUE LE ROI NE REVIENNE !

HÂTEZ-VOUS, PÉGRELEUSES. IL Y A PEU DE GARDES MAIS IL Y EN A TOUT DE MÊME.
OUI... EUH... MERCI POUR TON AIDE.
C'EST MOI QUE J'AIDE, PETITE BÂTARDE.
HA. EH BIEN, ÇA ME VA QUAND MÊME, TANT QU'ON SORT D'ICI !
ARIANE ?
LE MINOTAURE EST SEUL DANS LE LABYRINTHE. TU DEVRAIS ALLER LE VOIR.
C'EST TON FRÈRE.
CE N'EST PAS MON FRÈRE.
JE SUIS HUMAINE, MOI.

LES HUMAINS FONT LES MEILLEURS MONSTRES.
C'EST QU'ELLE MORDRAIT, LA PETITE BATARDE.
PHYSALIS !
HH HH
ATTENDS ! ON EST EN TRAIN DE SEMER ASTÉRIA !
DÉPÊCHE, VOLAILLE !
HH HH HH
ALLEZ ! SI MINOS NOUS RATTRAPE, NOUS Y PERDRONS TOUTES DES PLUMES.
J'ENTENDS LA TROUPE DU ROI !
HH HH

HALTE-LÀ !
VERMINES ! OÙ CROYEZ-VOUS ALLER ?
ON NE S'ÉCHAPPE PAS COMME ÇA DE MON ROYAUME ! POUR QUI VOUS PRENEZ-VOUS ?
VOUS M'APPARTENEZ, PETITES TRAÎNÉES !

JE FERAI DE VOUS CE QUI ME SEMBLERA BON.
BRITO !
NON !
BRITO ! ATTENTION ! LA FALAISE !
ATTRAPEZ-LES !
ATTRAPEZ-LES, ABRUTIS !
BRITO !

CHAPITRE CINQ

À SERPENT DONNÉ ON
NE REGARDE PAS LES DENTS

SPLOUITC
WAHOOOOU!
KOF! KOF!

CE SONT... CE SONT DES SIRÈNES ?
DES NAÏADES ?
DES ONDINES ?
DES... DÉESSES ?
SEULEMENT DES FILLES.
ENFIN, ON EST À MOITIÉ DÉESSES, HEIN. NOTRE PÈRE EST LE GRAND ZEUS ET NOUS SOMMES EN ROUTE POUR LE RETROUVER.
LES TROUPES DU ROI MINOS SONT À NOTRE POURSUITE.
POUVEZ-VOUS NOUS PRENDRE À BORD ET NOUS DÉPOSER SUR UNE AUTRE ÎLE ?
TOUT CE QUE VOUS VOUDREZ, DÉESSES !
ORDONNEZ ET NOUS OBÉIRONS ! INDIQUEZ-NOUS VOTRE CAP ET NOUS VOUS EMMÈNERONS AU BOUT DU MONDE !

LES VENTS SONT AVEC NOUS. ON AVANCE VITE. ET SANS RAMER !
POUR ARRIVER VITE NULLE PART.
BRITO, ÇA VA ? TU AS L'AIR BIZARRE ET TU NE M'AS RIEN DIT DE CE QUE MINOS...
JE NE VEUX PAS PARLER DE MINOS.
MÊME À MOI ? IL ME SEMBLAIT QUE L'ON SE DISAIT TOUT.

MERCI ! MERCI DE NOUS AVOIR EMMENÉES À VOTRE BORD.
ET MERCI POUR LES VIVRES.
MERCI À VOUS, DÉESSES !
MERCI DE NOUS AVOIR HONORÉS DE VOTRE PRÉSENCE !
AH... EUH... DE RIEN !
EN RENTRANT, NOUS ÉLÈVERONS UN AUTEL À VOTRE GLOIRE.
CE N'EST PAS LA PEINE, VRAIMENT.
TENEZ. CECI VOUS PAIERA D'UNE PARTIE DES TRACAS QUE NOUS VOUS AVONS CAUSÉS.
NOUS VIVONS POUR VOUS SERVIR !
NOUS N'AVONS BESOIN D'AUCUNE RÉCOMPENSE !
GARDEZ-LES QUAND MÊME !

QUAND JE PENSE QU'ILS NOUS TRAITENT DE NULS, AU VILLAGE !
QUAND ON VA LEUR RACONTER ÇA !
ÇA VA ME MANQUER, D'ÊTRE VÉNÉRÉE.
BEURK. PAS À MOI.
IL FAUT QUE JE TROUVE D'AUTRES VÊTEMENTS.
CEUX-LÀ TE VONT BIEN.
ILS SONT PARFAITS POUR RESTER ENFERMÉE DANS UNE CAGE.
TU AURAIS DÛ GARDER LES BIJOUX, ON LES AURAIT ÉCHANGÉS CONTRE DES TRUCS À MANGER. ON N'A MÊME PLUS LE LANCE-PIERRE.
JE NE VEUX RIEN GARDER QUI ME RAPPELLE MINOS.

TU CROIS QUE DANS LA VIE ON A TOUJOURS UN CAILLOU DANS LA CHAUSSURE ?
PHYSALIS... REGARDE ÇA...
CE SONT DES FOSSILES, TU CROIS ?
ÇA M'ÉTONNERAIT.
ÇA M'ÉTONNERAIT VRAIMENT.

DES CHÈVRES PÉTRIFIÉES. C'EST UN MAUVAIS PRÉSAGE, À TON AVIS ?
SÛREMENT.
MAIS ON NE VA PAS SE DÉCOURAGER POUR SI PEU.
MAIS QU'EST-CE QUE C'EST ENCORE ?

C'EST YANNIS. C'EST MON PETIT GARÇON.
C'EST... UN JOLI PETIT GARÇON.
PERSÉE L'A CHANGÉ EN PIERRE IL Y A SIX MOIS.
YANNIS LUI A TIRÉ LA LANGUE UN JOUR QUE LE ROI PASSAIT DANS LA RUE. J'AURAIS DÛ MIEUX LE SURVEILLER MAIS PERSÉE N'ÉTAIT PAS SORTI DE SON PALAIS DEPUIS SI LONGTEMPS ! ON NE PEUT PAS ÊTRE TOUJOURS AUX AGUETS. ET MON YANNIS...
... IL AVAIT L'ÂGE DES BÊTISES ET DES GRIMACES. PERSÉE A DIT QUE JE N'AVAIS QU'À MIEUX ÉLEVER MON ENFANT ET IL EST PARTI EN LE LAISSANT COMME ÇA.

CE N'EST PAS DE VOTRE FAUTE.
NON. C'EST UN CRIME DE PERSÉE. C'ÉTAIT UN HÉROS, JADIS. LE ROI POLYDECTÈS L'A ENVOYÉ TUER LA GORGONE MÉDUSE ET LE PAYS ENTIER L'A ACCLAMÉ QUAND IL EST REVENU AVEC SON AFFREUSE TÊTE PLEINE DE SERPENTS. ET PUIS... IL S'EN EST SERVI POUR CHANGER POLYDECTÈS EN STATUE.
IL EST VRAI QUE LE VIEUX ROI AVAIT ESSAYÉ DE VIOLER LA MÈRE DE PERSÉE, DANAÉ. MAIS APRÈS... PERSÉE A PRIS GOÛT AU POUVOIR. IL A PÉTRIFIÉ LE GÉANT ATLAS, QUI EST DEVENU UNE MONTAGNE. POUR UN SIMPLE REGARD DE TRAVERS.
LES GENS ONT COMMENCÉ À DOUTER DE PERSÉE.

ALORS, IL EST REPARTI FAIRE LE HÉROS. IL A SAUVÉ ANDROMÈDE DU MONSTRE MARIN QUI ALLAIT LA MANGER. MAIS ENSUITE, POUR GARDER LA PRINCESSE, IL A PÉTRIFIÉ SON FIANCÉ. POF.
PUIS TOUS CEUX QUI LUI DÉPLAISAIENT. POF POF POF. À PRÉSENT, IL EST ROI ET RÈGNE SUR UN PEUPLE PÉTRIFIÉ OU TERRIFIÉ.

LA VIE ICI N'EST PLUS POSSIBLE. NOUS SOMMES DES MORTS-VIVANTS AU MILIEU DES STATUES.
POURQUOI NE PARTEZ-VOUS PAS ?
POUR ALLER OÙ ?
TOUS CEUX QUE NOUS AIMONS SONT ICI.
TU TIENS VRAIMENT À Y ALLER ?
PERSÉE FAIT PARTIE DE CES FRÈRES QUE NOUS SOMMES PARTIES CHERCHER.
QUE TU ES PARTIE CHERCHER.
D'ACCORD. MAIS JE SAIS POURQUOI TU NE VEUX PAS Y ALLER.
C'EST À CAUSE DES SERPENTS.
TU ME CONNAIS BIEN. LES SERPENTS ME FICHENT LA TROUILLE, C'EST COMME ÇA.
PLUS QUE D'ÊTRE CHANGÉE EN PIERRE ?
BIEN PLUS !

BRITO N'A PEUR DE RIEN À PART DES SERPENTS. BRITO AIME TOUTES LES CRÉATURES VIVANTES, QUELS QUE SOIENT LEURS DÉFAUTS, À PART LES SERPENTS.
ELLE DIT QUE C'EST COMME ÇA, QU'IL N'Y A AUCUNE RAISON. MAIS IL Y A FORCÉMENT UNE RAISON, NON ? IL Y A UNE RAISON À TOUT, SANS QUOI ON N'AURAIT PLUS QU'À S'ASSEOIR PAR TERRE ET PLEURER.
DEPUIS TOUJOURS, JE CHERCHE LES RAISONS, LES RÉPONSES ET LA VÉRITÉ. MÊME SI ELLES SE CACHENT PARMI LES SERPENTS.
PHYSALIS S'IMAGINE QU'ELLE EST RATIONNELLE. SES ACTIONS LES PLUS BIZARRES, ELLE LES JUSTIFIE D'UN ÉCHAFAUDAGE DE CAUSES ET D'EFFETS, DE « COMMENT ? » ET DE « POURQUOI ? ».
À CHAQUE CLÉ CORRESPOND UNE SERRURE. À CHAQUE QUESTION, UNE RÉPONSE. ELLE REFUSE L'ABSURDE COMME S'IL NE FAISAIT PAS PARTIE DU MONDE.
ELLE CHERCHE LA VÉRITÉ COMME S'IL N'Y EN AVAIT QU'UNE. LA VÉRITÉ N'EST RIEN FACE AU SENS. ET LE SENS NE SE RÉDUIT PAS À DES « POURQUOI ? ». LES GENS RATIONNELS SONT TOUS DINGUES.

PHYSALIS ! JE NE RENTRE PAS LÀ-DEDANS. JE RESTE ICI AVEC ASTÉRIA.
ATTENDS UN PEU.
LAISSE-MOI TE BANDER LES YEUX. JE NE TIENS PAS À RÉCUPÉRER UNE STATUE.
TU SERAIS TRISTE ?
C'EST SURTOUT QUE JE N'ARRIVERAIS PAS À TE PORTER JUSQU'AU VILLAGE.
COMMENT JE VAIS FAIRE POUR NE PAS ME GAUFRER ? JE NE VOIS RIEN !
ESSAIE DE LONGER LES MURS !

ATTENTION GOSSE, TU VAS TOMBER !
NON, NON, NON, N'ENLÈVE PAS TON BANDEAU ! VAUT MIEUX PAS.
PERSÉE ?
PERSÉE DORT, ÇA ME FAIT DES VACANCES.
VOUS ÊTES... ?
MÉDUSE, OUI...
ENFIN...
... SA TÊTE !
VOUS N'ÊTES PAS... MORTE ?
JE SUIS IMMORTELLE. ÇA A DES AVANTAGES ET DES INCONVÉNIENTS.
HEUREUSEMENT POUR MOI, J'AI UNE VIE INTÉRIEURE RICHE.
MAIS QUAND MÊME, JE M'ENNUIE. IL N'Y A PLUS PERSONNE ICI. TOUS LES DOMESTIQUES ONT ÉTÉ CHANGÉS EN PIERRE. ET PUIS PERSÉE M'A MISE DANS UN PLAT À GRATIN. C'EST HUMILIANT.
DIS ? TU CROIS QUE TU POURRAIS ME SORTIR DE LÀ ?
AH... EUH... JE...
JE NE SAIS PAS... JE SUIS VENUE POUR PARLER À PERSÉE.
HA HA ! MAIS MA PETITE ! PERSONNE NE PARLE À PERSÉE.
PERSONNE !
HI HI HI

IL PÉTRIFIE TOUS CEUX QUI LE CONTRARIENT. ET TOUT LE CONTRARIE, LE PAUVRE HOMME !
AH ÇA, IL EST SUSCEPTIBLE.
IL EST BARJE, OUI !
EH OUI, LE POUVOIR L'A RENDU FOU. C'ÉTAIT POURTANT UN BRAVE HÉROS. DU GENRE QUI TUE LES MONSTRES QUAND ON LE LUI DEMANDE.
UN SALAUD, OUI !
QUESTION DE POINT DE VUE !
MAIS MAINTENANT, C'EST AU MIEUX UN TYRAN. IL BRANDIT MA TÊTE, ET CE QU'IL RESTE DE SON PEUPLE TREMBLE.
EN PLUS, IL NOUS TIRE LES CHEVEUX.
VOUS FAITES L'INNOCENTE MAIS C'EST TOUT DE MÊME VOUS QUI CHANGEZ CES PAUVRES GENS EN PIERRE !
JE NE FAISAIS DE MAL À PERSONNE AVANT QUE PERSÉE NE ME DÉCAPITE.
JE VIVAIS SUR UNE ÎLE NOYÉE DE BRUME. JE NE ME MÊLAIS PAS AUX HUMAINS. MES SŒURS VENAIENT ME VOIR SOUVENT. NOUS N'EMBÊTIONS PERSONNE.
MON AMOUREUX VENAIT AVEC LA MARÉE.
VOTRE... AMOUREUX ?
QU'EST-CE QUE TU CROIS, PETITE IDIOTE ? QUE LES MONSTRES N'ONT PAS DROIT À L'AMOUR ?
SSS
TU APPRENDRAS QUE JE SUIS TRÈS BELLE !
SSS
S
SSS
SS
SSS
SS
SSS
ASSEZ BELLE POUR UN DIEU. MON AMANT EST POSÉIDON, LE MAÎTRE DES OCÉANS.
TRÈS SEXY !

SON AMOUR DÉFERLE SUR MOI AU RYTHME DU RESSAC, INFINI, IMPLACABLE.
COMME LA VAGUE, IRRÉSOLUE.
ET JE M'ABANDONNE, BALLOTTÉE PAR LES FLOTS. IL ME NOIE, IL ME SAUVE, IL M'ENGLOBE ET ME DÉVORE. LIVRÉE À L'ÉCUME, JE ME DISSOUS MAIS JE SUIS MOI, PLUS QUE JAMAIS.
TU ROUGIS, C'EST MIGNON !
JE NE ROUGIS PAS !
ALLEZ, GAMINE ! JE NE TE DEMANDE PAS GRAND-CHOSE ! JETTE-MOI DE LA PREMIÈRE FALAISE. POSÉIDON ME RECEVRA DANS SES BRAS.
JE DOIS D'ABORD RENCONTRER PERSÉE.
JE DOIS RENCONTRER MON FRÈRE.
TON FRÈRE ? PERSÉE EST TON FRÈRE ?
DINGUE !
RAISON DE PLUS POUR FILER D'ICI, MON PETIT CHOU.
SI TU VOYAIS CE QU'IL A FAIT DE SA FAMILLE !
ALLONS, PETITE ! SAUVE-TOI TANT QUE TU LE PEUX !
ET EMPORTE-MOI AVEC TOI ! COMME ÇA, TU SAUVERAS LE ROYAUME !
ET CE SERA TON TOUR D'ÊTRE UNE HÉROÏNE !

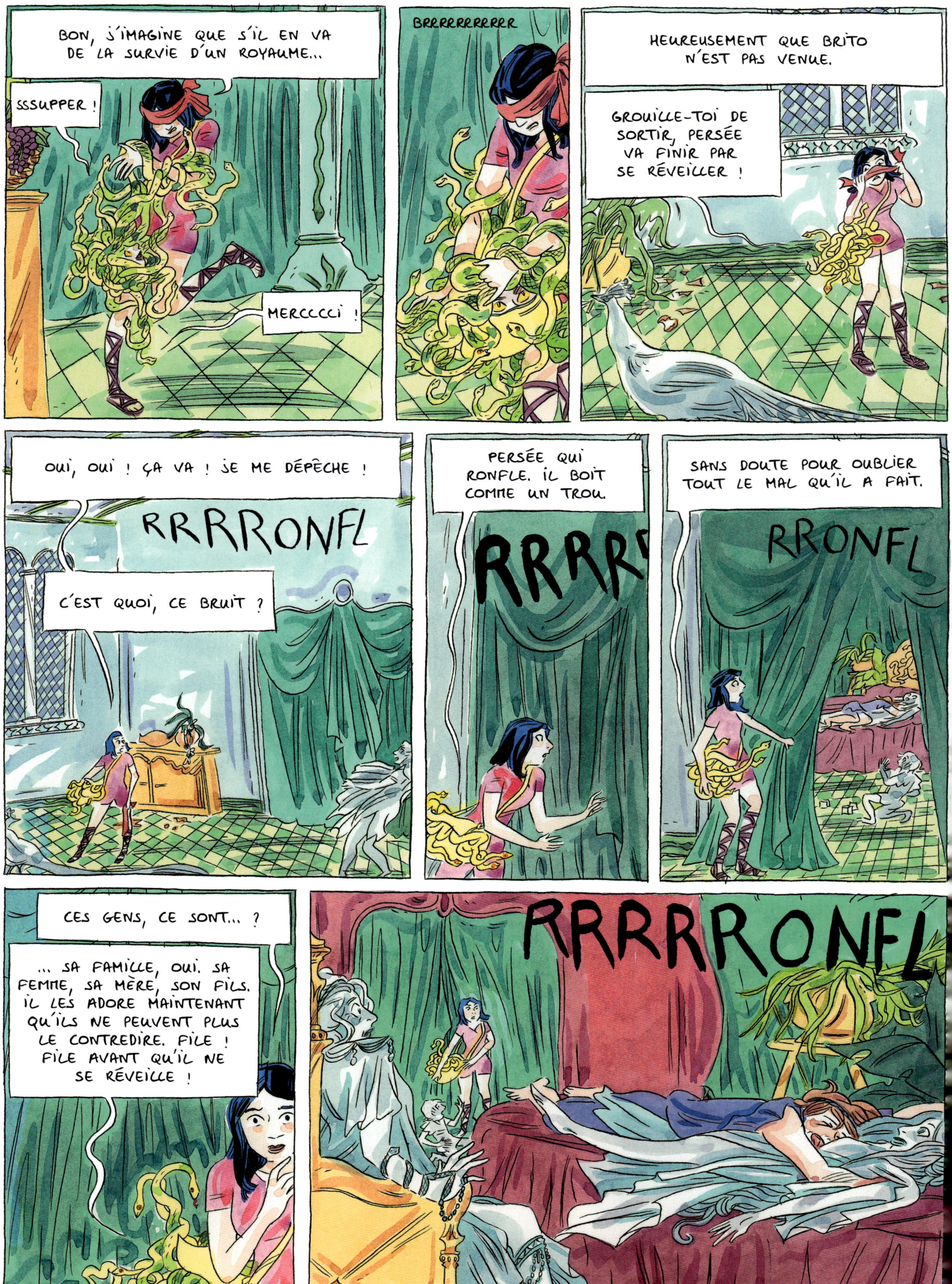
BON, J'IMAGINE QUE S'IL EN VA DE LA SURVIE D'UN ROYAUME...
SSSUPPER !
MERCCCCI !
BRRRRRRRRRRR
HEUREUSEMENT QUE BRITO N'EST PAS VENUE.
GROUILLE-TOI DE SORTIR, PERSÉE VA FINIR PAR SE RÉVEILLER !
OUI, OUI ! ÇA VA ! JE ME DÉPÊCHE !
RRRRONFL
C'EST QUOI, CE BRUIT ?
PERSÉE QUI RONFLE. IL BOIT COMME UN TROU.
RRRR
SANS DOUTE POUR OUBLIER TOUT LE MAL QU'IL A FAIT.
RRONFL
CES GENS, CE SONT... ?
... SA FAMILLE, OUI. SA FEMME, SA MÈRE, SON FILS. IL LES ADORE MAINTENANT QU'ILS NE PEUVENT PLUS LE CONTREDIRE. FILE ! FILE AVANT QU'IL NE SE RÉVEILLE !
RRRRRONFL

PHYSALIS !
TU ES RESTÉE LONGTEMPS, J'AVAIS PEUR QUE TU...
NON. MAIS NOUS SOMMES LES DERNIERS MEMBRES DE LA FAMILLE DE PERSÉE À NE PAS AVOIR ÉTÉ PÉTRIFIÉS.
ET NOUS AVONS UN FRÈRE DÉRANGÉ DE PLUS À AJOUTER À NOTRE COLLECTION.
ET UN BEAU !
AAAAAAH !
TU AS RAPPORTÉ CE MACHIN !
DITES DONC, JEUNE FILLE ! MACHIN VOUS-MÊME !
JE N'AI PAS EU LE CHOIX, BRITO ! SI JE NE L'AVAIS PAS PRISE, PERSÉE AURAIT FINI PAR ANÉANTIR LE ROYAUME !
CE N'EST PAS POUR LONGTEMPS. ELLE VEUT QU'ON LA JETTE À LA MER DÈS QUE POSSIBLE.
TANT QUE C'EST TOI QUI LA PORTES.

ALLEZ ! VAS-Y ! BALANCE-LA !
J'ENTENDS POSÉIDON CRIER MON NOM !
OUI ! ÇA VIENT !
J'ARRIVE, MON AMOUR !
SPLA
UN... UN SERPENT DE MER. JE VAIS FAIRE DES CAUCHEMARS JUSQU'À LA FIN DES TEMPS.
OUI.
ÇA EN VALAIT LA PEINE. ON A SAUVÉ UN ROYAUME ET RENDU L'AMOUR À LA FEMME SERPENT.
APRÈS ÇA, QUI SAIT CE QUI NOUS ATTEND.

CHAPITRE SIX
LA NUIT TOUS LES DIEUX SONT GRIS
UN PEU DE VIN SUFFIT POUR OUBLIER L'ENNUI MAIS POUR L'ANNIHILER, IL FAUT BIEN PICOLER !

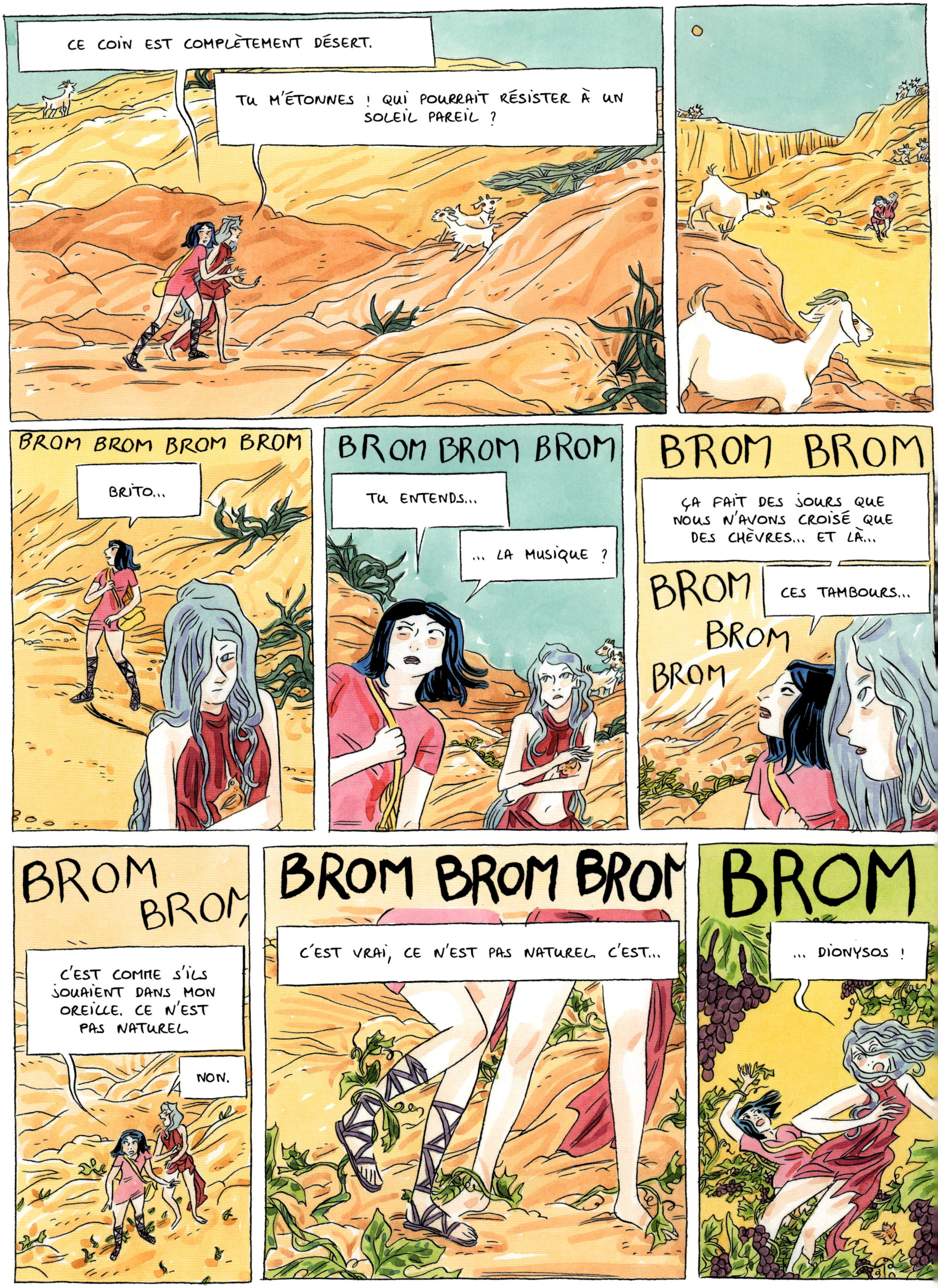
CE COIN EST COMPLÈTEMENT DÉSERT.
TU M'ÉTONNES ! QUI POURRAIT RÉSISTER À UN SOLEIL PAREIL ?
BROM BROM BROM BROM
BRITO...
BROM BROM BROM
TU ENTENDS...
... LA MUSIQUE ?
BROM BROM
ÇA FAIT DES JOURS QUE NOUS N'AVONS CROISÉ QUE DES CHÈVRES... ET LÀ...
BROM BROM BROM
CES TAMBOURS...
BROM BROM
C'EST COMME S'ILS JOUAIENT DANS MON OREILLE. CE N'EST PAS NATUREL.
NON.
BROM BROM BROM
C'EST VRAI, CE N'EST PAS NATUREL. C'EST...
BROM
... DIONYSOS !

ON N'A PAS IDÉE DE MARCHER AINSI EN PLEIN SOLEIL, VOUS ALLEZ ATTRAPER UNE INSOLATION, FILLETTES.
EN PLUS, JE SUIS PRÊT À PARIER QUE VOUS N'AVEZ QUE DE L'EAU À BOIRE ! DE L'EAU... LA JEUNESSE NE SAIT PLUS S'AMUSER !
RIEN DE PLUS BÊTE QUE LES ASCÈTES ! TU PEUX ME CROIRE, IL VAUT MIEUX BOIRE. TOUT DEVIENT FÊTE DANS LA PIQUETTE !

BUVEZ ! LA SOBRIÉTÉ EST SI DÉCEVANTE !
EUH, C'EST GENTIL... MAIS...
MAIS SI ! BUVEZ ET REJOIGNEZ-NOUS ! NOUS NE SAVONS PAS OÙ NOUS ALLONS MAIS L'IMPORTANT, CE N'EST PAS LA DESTINATION. C'EST DE PARCOURIR LE MONDE EN BONNE COMPAGNIE.
ET DE BOIRE DU BON.
VOILÀ QUI AIDE À TROUVER LA COMPAGNIE PLUS BELLE ENCORE.
MAIS JE SUIS SÛR QUE JE VOUS TROUVERAIS CHARMANTES MÊME SI J'ÉTAIS SOBRE...
HA HA HA, TU N'AS PAS ÉTÉ SOBRE DEPUIS TA NAISSANCE !
HI HI HI
ET TU AS TANT BU DANS TA VIE QUE MÊME SI TU ARRÊTAIS MAINTENANT, TU NE SERAIS PLUS SOBRE JUSQU'À TA MORT !
PÉRONNELLES ! JE SUIS IMMORTEL !
JUSTEMENT !
CES NYMPHES SONT DES INSOLENTES. ET JE LES AIME COMME ÇA ! VENEZ, MES BEAUTÉS ! VENEZ VOUS VAUTRER DANS L'INSOLENCE ET L'INSOUCIANCE !
NOUS NE VOULONS PAS NOUS VAUTRER.
MAIS NOUS VOUS CHERCHIONS. NOUS SOMMES VOS SŒURS, PHYSALIS ET BRITOMARTIS.

POUR LES BUVEURS, TOUS LES HUMAINS DE RENCONTRE SONT DES FRÈRES ET DES SŒURS.
JE VOIS QUE JE NE M'EN TIRERAI PAS COMME ÇA. VOUS ATTENDEZ QUELQUE CHOSE DE MOI, VOUS AVEZ PARCOURU UN LONG CHEMIN POUR L'OBTENIR ET VOUS NE ME LÂCHEREZ PAS.
BON.
NYMPHES CALLIPYGES, SATYRES PRIAPIQUES, INSTALLEZ LE CAMP POUR LA NUIT.
LA... NUIT ?
LA NUIT EST PLUS INTIME POUR PARLER.

JE NE VOIS PAS BIEN POURQUOI « NOTRE » PÈRE VOUS INTÉRESSE. VOUS NE L'AVEZ JAMAIS VU !
VOUS AVEZ CONNU TANT D'AUTRES GENS ! CERTAINS INTÉRESSANTS.
VOUS EN CONNAÎTREZ PLUS ENCORE. EST-CE QUE CELA NE SUFFIT PAS ?
ZEUS M'A ENGENDRÉE. IL N'A PAS LE DROIT DE REFUSER DE ME VOIR.
LE VENT SÈME LA GRAINE ET NE S'EN SOUCIE PLUS.
VOILÀ QUI EST FACILE !
C'EST TRÈS DOUX, LA FACILITÉ !
PHYSALIS NE SERA JAMAIS D'ACCORD AVEC ÇA.
DOMMAGE.
ÇA NE VOUS AIDERA PAS MAIS JE PUIS VOUS PARLER DE ZEUS. APRÈS TOUT, IL A ÉTÉ POUR MOI UN PÈRE ET UNE MÈRE.
IL A ENDURÉ POUR MOI LA DOULEUR DE L'ENFANTEMENT, PUISQUE MA MÈRE, SÉMÉLÉ, N'ÉTAIT PLUS LÀ POUR LE FAIRE.
C'ÉTAIT UNE HUMAINE, GRACIEUSE ET FRAGILE. ELLE S'EST CONSUMÉE À L'ARDEUR DE SES AMOURS DIVINES AVANT DE ME METTRE AU MONDE.

Zeus aimait Sémélé. Pour la protéger, il dissimulait sa puissance lorsqu'ils étaient ensemble. Mais un jour, Sémélé voulut le voir.. « nu ». Idée soufflée par une Héra jalouse. Or, Zeus avais promis d'exaucer tous les souhaits de Sémélé. Il tint sa promesse malgré les conséquences.
Il laissa choir à terre les couches d'oripeaux qui voilaient le feu de sa nature et se laissa voir, immense et incandescent. Sémélé fut réduite en cendres instantanément.

IL FAUT SE MÉFIER DE CE QUE L'ON SOUHAITE.
C'EST ON NE PEUT PLUS VRAI, MA BELLE. IL NE RESTAIT DE MA MÈRE QU'UN TAS DE CHARBON SUR LEQUEL J'ÉTAIS POSÉ, TROP FAIBLE POUR VAGIR.
ZEUS SE HÂTA DE ME METTRE À L'ABRI DANS SA CUISSE. ET QUAND LE JOUR FUT VENU, IL ME MIT AU MONDE.
PAUVRE SÉMÉLÉ !
REGRETTER LE PASSÉ, C'EST REGRETTER LE PRÉSENT. NE PERDEZ PAS VOTRE TEMPS À ÇA.
ET... ZEUS T'A ÉLEVÉ ?
HA HA ! NON ! IL M'A LAISSÉ AUX NYMPHES.
IL T'A ABANDONNÉ TOI AUSSI !
IL M'A LAISSÉ M'INVENTER.
TOUT HOMME PORTE EN LUI LE PIRE ET LE MEILLEUR. TOUT HOMME EST CAPABLE D'ABANDONNER SES ENFANTS ET DE LES CHÉRIR. ZEUS A ÉTÉ POUR MOI LE MEILLEUR DES PÈRES.
QUAND NOUS NOUS RETROUVONS, IL BOIT À MA SANTÉ ET JE BOIS À LA SIENNE.

ET TOUTES LES AUTRES NUITS... QUI SAIT COMBIEN D'ENFANTS J'AI MOI-MÊME CONÇUS SANS LE SAVOIR, QUI À PRÉSENT COURENT LE MONDE, PARTENT À L'AVENTURE, VIVENT ET MEURENT SANS SE SOUCIER DE MOI ?
ILS TE CHERCHENT PEUT-ÊTRE.
PEUT-ÊTRE.
PEUT-ÊTRE QUE CERTAINS VIENDRONT À MA RENCONTRE, PASSER DES NUITS À BOIRE ET À DISCUTER.
PEUT-ÊTRE.
OU PEUT-ÊTRE QU'ILS VIENDRONT TE TUER.
RRRR
MAIS IL EST IVRE MORT !
RRR
NAN.
IL FAIT SEMBLANT. IL FAIT ÇA QUAND UNE CONVERSATION L'ENNUIE OU QUAND IL A ENVIE DE SURPRENDRE DES SECRETS.
RRR
JE NE SUIS MÊME PAS SÛRE QUE L'ALCOOL LUI FASSE QUOI QUE CE SOIT. IL A UN ORGANISME DIVIN...
IL FEINT L'IVRESSE COMME IL FEINT BIEN DES CHOSES.
GARCE !

TU TRAHIS MES MYSTÈRES ET TU BLASPHÈMES MON AMOUR POUR LE VIN !
COMMENT OSES-TU DIRE QU'IL N'A PAS D'EFFET SUR MOI ?!
HI HI HI
LE VIN EST INFINI. LE VIN EST MAGIQUE !
IL N'A PAS DE LIMITES, IL M'ENIVRE, IL M'HABITE ! LE VIN ! LE VIN ! J'AI LE GOSIER EN PENTE ! IL M'EMPLIT, IL ME HANTE ! LE VIN ! LE VIN !
IL M'EMBRASSE, IL ME BORDE, AH ! MA COUPE DÉBORDE !
FLÛTE !
LE VIN N'A QU'UN SEUL DÉFAUT : IL TACHE.

SAVEZ-VOUS, GAMINES, COMMENT LE VIN A ÉTÉ INVENTÉ ?
C'EST UNE BELLE HISTOIRE. ELLE COMMENCE DANS LA CAMPAGNE ATHÉNIENNE PAR LA TROUVAILLE DU PAYSAN ICARIOS. JE LA LUI AI SOUFFLÉE, MAIS IL FAUT DIRE QUE LES MORTELS NE TROUVENT RIEN TOUT SEULS... ENFIN... IL A LAISSÉ MACÉRER PAR PARESSE ET PAR ACCIDENT DES GRAPPES DE RAISIN BIEN MÛR. LE RÉSULTAT L'A ESTOMAQUÉ. IL MIT SON VIN DANS UNE AMPHORE ET COURUT LE FAIRE GOÛTER À SES COPAINS BERGERS.
MES PREMIERS IVROGNES ! ILS ONT BU COMME DES TROUS. ILS ONT EU LES VISIONS LES PLUS FOLLES DE L'HISTOIRE DE L'IVRESSE ! LEURS CHÈVRES DEVENAIENT DES PRINCESSES ET LEURS CROTTES AUTANT DE PIÈCES D'OR !

ILS SE SONT RÉVEILLÉS FURIEUX. ILS ONT ACCUSÉ ICARIOS DE LEUR AVOIR JETÉ UN SORT. IL AVAIT TROP MAL À LA TÊTE POUR SE DÉFENDRE. ILS L'ONT TUÉ.
L'HISTOIRE NE S'ARRÊTE PAS LÀ. C'EST LA FILLE D'ICARIOS, ÉRIGONE, QUI A TROUVÉ LE CADAVRE DE SON PÈRE ABANDONNÉ SOUS UN ARBRE. DÉSESPÉRÉE, ELLE S'EST PENDUE. DANS SON DERNIER SOUFFLE, ELLE A LANCÉ UNE MALÉDICTION : LES VIERGES ATHÉNIENNES VIENDRAIENT SE PENDRE AU MÊME ARBRE QU'ELLE, JUSQU'À CE QUE LES COUPABLES DU MEURTRE D'ICARIOS SOIENT PUNIS. J'ADORE LES MALÉDICTIONS ! ELLES FONT DE BONNES HISTOIRES ! ET TOUTES CES JEUNES FILLES QUI SE BALANÇAIENT AUX BRANCHES, C'ÉTAIT JOLI.

APRÈS UN CERTAIN TEMPS, C'EST DEVENU MOINS JOLI. ALORS J'AI AIDÉ À RATTRAPER LES BERGERS ET À LES PUNIR.
MAIS JE LES AI LAISSÉS VOIR UN PEU LE MONDE AVANT.
APRÈS TOUT, LES IVROGNES SONT MON PEUPLE ET ILS ÉTAIENT MES PREMIERS SUJETS.
BUVEZ À PRÉSENT ! SI VOUS ÊTES MES SŒURS, VOUS NE SAURIEZ RESTER SOBRES.
MMM.
JE NE TIENS PAS À ME RETROUVER À QUATRE PATTES À RAMASSER DES CROTTES DE CHÈVRE.
L'IVRESSE EST DIFFÉRENTE POUR CHACUN.
ET TOI, AUTRE SŒUR ?
JE NE SAIS PAS...
BOIS ! CEUX QUI NE BOIVENT PAS NE VOIENT QUE LA MOITIÉ DU MONDE.
ET LA MOITIÉ LA PLUS ASSOMMANTE.

NE FAIS PAS LA TÊTE, MA DOUCE ! IL FAUT SE PERDRE POUR SE TROUVER.
ET TU RETROUVERAS TA SŒUR QUAND ELLE AURA CUVÉ.
EN ATTENDANT, DANSE AVEC NOUS. QU'AS-TU DE MIEUX À FAIRE ?
ALLONS ! VIENS !

IL N'Y A EN TOI RIEN DE DIVIN.
JE VOIS LE DÉBUT ET LA FIN.
JE VOIS TES ORGANES ET TES OS.
JE VOIS TON SANG, JE VOIS TA PEAU.
JE VOIS LA MACHINE FRAGILE
LANCÉE DANS UNE QUÊTE STÉRILE.
JE VOIS MÊME LA PEUR DANS TES YEUX
BIEN QUE TU FASSES DE TON MIEUX
POUR NE RIEN EN LAISSER PARAÎTRE...
TU NE TE RENDS PAS VRAIMENT
MAÎTRESSE DE TA CHÉTIVE HUMANITÉ
QUI MEURT AUSSI VITE QU'ELLE NAÎT.

ELLE NE SERA PAS FRAÎCHE DEMAIN MATIN.
CETTE FILLE N'EST PAS CE QU'ELLE PRÉTEND ÊTRE. ET ELLE NE LE SAIT MÊME PAS.
COMMENT CELA ?
ON S'EN FICHE ! ALLONS PROFITER DE CETTE BELLE NUIT !
TE VOILÀ DANS UN BEL ÉTAT, MA FILLE.
MA... MAN ?
J'AI SCRUPULEUSEMENT GARDÉ LE PHARE DEPUIS TON DÉPART POUR QUE TU RETROUVES TA ROUTE. MAIS ÇA NE SERT À RIEN. TU SERAS TOUJOURS PERDUE.
NE DIS PAS ÇA...
TU COMPLIQUES TOUT CE QUE TU PEUX COMPLIQUER. TU REFUSES DE COMPRENDRE LES CHOSES SIMPLES.
CE N'EST PAS VRAI.
C'EST ÇA. LES MÈRES ONT TOUJOURS TORT.
POURSUIS TA QUÊTE IDIOTE, SI TU CROIS QUE LES PÈRES SAVENT MIEUX.
MAMAN !
MAMAN...

BRITO...
IL RESTE DE L'EAU ?

SHPLAH
BRITO !
MAIS ENFIN ! QU'EST-CE QU'IL TE PREND ?
J'EN AI MARRE DE TOUT ÇA, J'EN AI PLUS QUE MARRE, JE SUIS AU-DELÀ D'EN AVOIR MARRE !
J'AVAIS DES AMIS, UNE FAMILLE, UNE VIE QUE J'AIMAIS. JE T'AI SUIVIE SUR LA ROUTE POUR TE PROTÉGER. MAIS QUI ME PROTÈGE, MOI ? QUE RESTE-T-IL DE MOI ?
JE SUIS AVEC TOI SUR CETTE TERRE BRÛLÉE SOUS UN SOLEIL DE PLOMB. ET POUR LA PREMIÈRE FOIS DE MA VIE, JE ME SENS SEULE.
DES MONSTRES, DES TYRANS, DES DINGUES, DES PAUMÉS, DES ALCOOLIQUES. C'EST ÇA, LA FAMILLE QUE TU CHERCHES ? DONT TU AS TELLEMENT BESOIN ?
JE NE...
ET NOUS ?
QU'EST-CE QUE ÇA DIT SUR NOUS ? QUE LA FOLIE NOUS GUETTE ? QUE C'EST NOTRE SEUL HÉRITAGE ?

TON FRÈRE T'A FAIT BOIRE JUSQU'À OUBLIER TOUTE DIGNITÉ PUIS IL T'A ABANDONNÉE DANS TON VOMI SANS UN REGARD.
JE N'AI PAS...
... J'AI VOMI ?
JE NE COMPRENDS PAS CE QUE TU ATTENDS DE CETTE FRATRIE DE FRIPOUILLES CÉLESTES. AU VILLAGE, TOUT LE MONDE NOUS AIMAIT ET PRENAIT SOIN DE NOUS. POURQUOI CETTE FAMILLE-LÀ NE TE SUFFIT-ELLE PAS ?
ELLE NE ME SUFFIT PAS. JE NE SAIS PAS POURQUOI.
BRITO...
BON.
METS TES SANDALES ET AVANCE. TU NE VOUDRAIS PAS ÊTRE EN RETARD POUR NOTRE PROCHAINE RÉUNION DE FAMILLE.
BRITO...
IL NE RESTE PLUS D'EAU DU TOUT DANS LA GOURDE ?
NON.

CHAPITRE SEPT

PARLE À MON CŒUR,
MA TÊTE EST MALADE

BRITO NE ME PARLE PLUS ET JE N'OSE PLUS LUI PARLER.
LA ROUTE PARAÎT PLUS FATIGANTE.
LA CHALEUR, PLUS ÉCRASANTE.
LA POUSSIÈRE PIQUE LA GORGE.
ET ÉVIDEMMENT...
... J'AI UN CAILLOU DANS MA CHAUSSURE.
Mii!
MIOU!

MIIIOUH
BRITO ! ATTENDS-MOI, JE REVIENS !
MAIS OÙ TU VAS ENCORE ?
MONSIEUR !
MONSIEUR !
ATTENDEZ !
MIII MIOU
QU'EST-CE QU'IL Y A, GAMINE ?
VOUS ALLEZ... NOYER DES CHATONS ?
BEN OUI, POURQUOI ?
NE LE FAITES PAS, JE VOUS EN PRIE !
MAIS ENFIN, PETITE, REMETS-TOI ! CE NE SONT QUE DES CHATS ! SI JE NE LES TUE PAS, DANS UN AN, CHACUN D'EUX AURA FAIT QUATRE OU CINQ PETITS. QUELQUES MOIS APRÈS, CHAQUE PETIT AURA FAIT PAREIL. EN QUELQUES GÉNÉRATIONS, IL Y AURA DES CHATS PARTOUT !
ET ALORS ?
ALORS ILS ME PIQUENT MON SAUCISSON.
MAIS CE SONT DES BÉBÉS ! TOUT LE MONDE A DROIT À UNE CHANCE DE VIVRE ! LE DROIT D'ESSAYER, DE FAIRE DE SON MIEUX, DE SE TROMPER, DE COMMETTRE DES ERREURS MAIS D'ESSAYER ENCORE !
TU CONNAIS DES CHATS QUI FONT DE LEUR MIEUX, TOI ?
MIOUH MIAOUH MIOU

BON ! ARRÊTE DE PLEURNICHER !
JE TE LES DONNE, CES CHATONS.
MIOU MIII
ÇA NE M'AMUSE PAS DE LES NOYER. JE LEUR ÉPARGNE UNE VIE DE CHATS ERRANTS. LES CHASSEURS LES TUENT PARCE QU'ILS LES PRENNENT POUR DES LAPINS. LES RENARDS LES MANGENT. CE SONT DES VIES MISÉRABLES ET DES MORTS TRAGIQUES. AVEC MOI, ÇA VA VITE.
MIII
MIOU !
LA VIE, C'EST TOUJOURS MIEUX QUE LA MORT, NON ?
QUI SAIT ?
MIOU MIOU
LA FAMILLE S'AGRANDIT ?
OUI.
ILS SONT MIGNONS.
ILS TIENDRONT COMPAGNIE À TA CAILLE.

BRITO...
IL Y A DE LA FUMÉE LÀ-BAS.

ON DIRAIT QUE LE VILLAGE ENTIER A ÉTÉ DÉTRUIT.
IL NE RESTE PERSONNE. TOUT LE MONDE EST MORT. POURTANT...
POURTANT, CES HOMMES NE SONT PAS DES SOLDATS. ON DIRAIT DES BERGERS.
PARTONS, IL N'Y A PLUS PERSONNE À SAUVER.
ATTENDS ! REGARDE LÀ-BAS !

VOUS... VOUS ALLEZ BIEN ? ON VOUS A FAIT DU MAL ?
ILS ONT ESSAYÉ. ILS M'ONT ATTRAPÉE ET TIRÉE PAR LES CHEVEUX. ILS ONT DÉCHIRÉ MA TUNIQUE ET M'ONT JETÉE PAR TERRE. ILS ALLAIENT... ILS ALLAIENT...
JE NE SAIS PAS CE QU'ILS ALLAIENT ME FAIRE. ME VIOLER ? ME LAPIDER ? ME BRÛLER ?
J'AI CRIÉ. J'AI APPELÉ AU SECOURS DE TOUTES MES FORCES.

MON PÈRE EST ARRIVÉ. IL A FOUDROYÉ TOUS CES CRÉTINS.
VOTRE PÈRE...
... EST LE DIEU QUE VOUS CHERCHEZ. LE MONDE EST PETIT ET LE HASARD N'EXISTE PAS.
COMMENT SAVEZ-VOUS... ?
JE SUIS AU COURANT DE BIEN DES CHOSES.

POURQUOI CES VILLAGEOIS VOULAIENT-ILS VOUS TUER ?
SAIT-ON JAMAIS CE QUE VEULENT LES MORTELS ?
JE NE LES CONNAISSAIS PAS AVANT AUJOURD'HUI. NOUS AVONS DISCUTÉ UN PEU, DE TOUT ET DE RIEN, À BÂTONS ROMPUS... ET PUIS JE NE SAIS PAS... ILS ONT COMMENCÉ À SE BATTRE.
À COUPS DE POINGS ! À COUPS DE BALAIS ET DE COUTEAUX ! EN PLEINE CONVERSATION ! ILS SE SONT ENTRETUÉS. ET CEUX QUI RESTAIENT...
ILS S'EN SONT PRIS À MOI.
ET... SUR QUOI PORTAIT VOTRE DISCUSSION AVANT QUE LES CHOSES NE DÉGÉNÈRENT ?
MA FOI... JE LEUR AI APPRIS QUELQUES-UNES DES CHOSES QUE JE SAIS. DES HISTOIRES SUR LEUR VILLAGE. DES HISTOIRES PROFONDÉMENT ENFOUIES.
UN BIEN JOLI VILLAGE. EN TOUT CAS, CE MATIN, IL L'ÉTAIT ENCORE. MAIS AUTREFOIS, IL Y AVAIT DEUX VILLAGES DISTINCTS : ZOAGOSSIS ET TRÉPAGORIA.
ZOAGOSSIS POSSÉDAIT UNE SOURCE. LA SÉCHERESSE Y ÉTAIT MOINS DURE, LES CHÈVRES, PLUS GRASSES ET QUELQUES LÉGUMES Y POUSSAIENT.
TRÉPAGORIA COMPTAIT PLUS DE JEUNES MÂLES. LORS D'UN ÉTÉ PARTICULIÈREMENT SEC, CES JEUNES DÉCIDÈRENT D'ANNEXER ZOAGOSSIS ET SA SOURCE. LE VILLAGE DE TRÉPAGOSSIS ÉTAIT FONDÉ.
C'EST CE QUE VOUS LEUR AVEZ RACONTÉ ?
MAIS OUI. AVEC SEULEMENT UN PEU PLUS DE DÉTAILS. LA PLUPART DES GENS N'AIMENT PAS LES DÉTAILS. CE SONT POURTANT LES DÉTAILS QUI FONT LES BONNES HISTOIRES.
PAR EXEMPLE, LE GROS BERGER À LA TÊTE FRACASSÉE LÀ-BAS... IL N'A PAS ÉTÉ CONTENT D'APPRENDRE QUE SON ARRIÈRE-ARRIÈRE-GRAND-MÈRE AVAIT ÉTÉ VIOLÉE PAR L'ARRIÈRE-ARRIÈRE-GRAND-ONCLE DU MAIGRICHON AUX TRIPES À L'AIR.
ILS ÉTAIENT POURTANT AMIS, AVANT.

QUELQUES DÉTAILS DE PLUS ET C'ÉTAIT UN BAIN DE SANG. ET PUIS, LASSÉS DE SE TAPER DESSUS, ILS S'EN SONT PRIS À MOI.
QUELS IDIOTS.
COMME S'ILS ÉTAIENT DE TAILLE FACE À UNE DÉESSE.
TU ES LA DÉESSE DE QUOI, EXACTEMENT ?
JE DIRAIS QUE JE SUIS LA DÉESSE DES BONNES IDÉES, DES CHOSES CACHÉES ET DES SOIRÉES RÉUSSIES.
MOUAIS.
POURQUOI N'ES-TU PAS SUR L'OLYMPE, AVEC LES AUTRES DIEUX ?
C'EST BIEN TRISTE MAIS LES DIEUX N'ONT PAS PLUS D'HUMOUR QUE LES HOMMES.
ILS M'ONT DEMANDÉ D'ALLER ME PROMENER UN PEU. BIEN SÛR, JE REVIENS QUAND JE VEUX.
SEULEMENT, PAS TOUT DE SUITE.
QU'EST-CE QUE TU LEUR AS FAIT ?
BOAH.

J'AI AIDÉ MAMAN À PRÉPARER UNE PETITE BLAGUE. RIEN DE MÉCHANT, VRAIMENT.
C'ÉTAIT AU MARIAGE DE THÉTIS. TOUTE L'OLYMPE ÉTAIT INVITÉE. TOUTE SAUF NOUS.
QUELLE GROSSIÈRETÉ ! ILS ÉTAIENT TOUS À LA NOCE À DANSER ET À SE GAVER D'AMBROISIE TANDIS QUE JE ME MORFONDAIS AUX CÔTÉS DE MA MÈRE ET DE MES SŒURS ET FRÈRES.
C'EST LÀ QUE MAMAN A EU UNE IDÉE. UNE BONNE IDÉE.

ELLE A PRÉPARÉ UNE POMME D'OR, GRAVÉE DE L'INSCRIPTION : « À LA PLUS BELLE » ET L'A LAISSÉE TOMBER PARMI LES CONVIVES SUR LA TABLE DU BANQUET. VOUS AURIEZ VU L'EMPOIGNADE ! HIHIHI ! PIRE QU'AVEC LE BOUQUET DE LA MARIÉE !
LES DÉESSES SE TIRAIENT LES CHEVEUX ET SE FLANQUAIENT DES COUPS DE PIED DANS LES TIBIAS. ET PUIS LES TROIS PLUS TEIGNEUSES ONT PRIS LE DESSUS. HÉRA, ATHÉNA ET APHRODITE. LES GIFLES VOLAIENT. JE N'EN POUVAIS PLUS DE RIRE !
ET LÀ... MAMAN A EU UNE AUTRE IDÉE. SACRÉE MAMAN !

ELLE LEUR A SUGGÉRÉ DE DEMANDER L'ARBITRAGE D'UN JUGE IMPARTIAL HA HA ! CES HARPIES ÉTAIENT TELLEMENT HORS D'ELLES QU'ELLES N'ONT MÊME PAS REMARQUÉ QUE NOUS ÉTIONS VENUES SANS ÊTRE INVITÉES.
ET C'EST TOMBÉ SUR PÂRIS.
CES GARCES ONT TOUTES ESSAYÉ DE CORROMPRE LE JUGE. HÉRA A OFFERT À PÂRIS UN ROYAUME. ATHÉNA, LA GLOIRE DES GUERRIERS. APHRODITE, LA PLUS BELLE D'ENTRE TOUTES LES MORTELLES.
ET LA PLUS BELLE ÉTAIT...
... HÉLÈNE, LA FEMME DU ROI DE SPARTE MÉNÉLAS !
PÂRIS A ENLEVÉE LA BELLE !
MÉNÉLAS A LEVÉ UNE ARMÉE POUR LA RÉCUPÉRER. LA GUERRE DE TROIE AVAIT COMMENCÉ ! UNE VRAIE BOUCHERIE ! HOMMES ET DIEUX S'Y SONT MIS. DES MILLIERS DE MORTS ! HA HA HA !
ALLONS BON. JE VOIS QUE ÇA NE VOUS FAIT PAS RIRE NON PLUS.
DÉCIDÉMENT, JE SUIS UNE INCOMPRISE. LES GUERRES, ÇA DÉFOULE. ET ÇA CRÉE DU RÉCIT.
VOUS N'ÊTES PAS DRÔLES.
TU ES LA DÉESSE DE QUOI ?

JE SUIS ATÉ, DÉESSE DE L'ÉGAREMENT.
FILLE DE LA DISCORDE, SŒUR DE LA FAIM, LA PEINE ET L'OUBLI. NOUS PARCOURONS LE MONDE POUR ÉVITER AUX HOMMES DE S'ENNUYER.
VOUS ÊTES UN MONSTRE.
MAIS NON.
PEUT-ÊTRE SUIS-JE TROP FRANCHE. LA VÉRITÉ REND LES GENS ÉTONNAMMENT NERVEUX.
D'AUTANT QUE CHACUN A LA SIENNE.
ET LES HUMAINS ONT DU MAL À GÉRER LEURS DIVERGENCES.
BON, IL Y A DES EXCEPTIONS !
VOUS, PAR EXEMPLE. VOUS N'ÊTES D'ACCORD SUR RIEN MAIS VOUS ÊTES LÀ TOUT DE MÊME. ENSEMBLE ! UNIES !

QUELLE BELLE HARMONIE ! QUELLE CONCORDE ! VOUS CHEMINEZ MAIN DANS LA MAIN SANS AVOIR AUCUNE IDÉE DE CE VERS QUOI VOUS CHEMINEZ.. MAIS QUELLE IMPORTANCE !
NOUS...
NOUS N'EN AVONS PAS... AUCUNE IDÉE !
NOUS N'EN SAVONS PAS GRAND-CHOSE.
OH MAIS NE T'INQUIÈTE PAS, PHYSALIS ! BRITOMARTIS ACCEPTE L'INCONNU ET L'INCERTITUDE BIEN MIEUX QUE TOI.
TU ES LA SEULE DE VOUS DEUX À AVOIR BESOIN DE TOUT SAVOIR, DE TOUT CONTRÔLER.
PARFOIS, C'EST ÉMOUVANT.
PARFOIS, C'EST PRÉSOMPTUEUX. ET PARFOIS...
... C'EST TOUT SIMPLEMENT IDIOT.
CE N'EST PAS...
CE N'EST PAS IDIOT... C'EST SEULEMENT...
TU AS RAISON, BRITOMARTIS. C'EST SEULEMENT VAIN.
ET DÉVASTATEUR.

CE QUE TU ENDURERAS DANS CETTE QUÊTE QUI N'EST PAS LA TIENNE, PHYSALIS N'Y A GUÈRE PENSÉ EN T'ENTRAÎNANT À SA SUITE.
ET MAINTENANT ENCORE, ELLE FAIT SEMBLANT DE NE PAS VOIR TA FATIGUE ET TON CŒUR BRISÉ.
CE VOYAGE ABSURDE... LA FAMILLE QUE VOUS AVEZ LAISSÉE DERRIÈRE VOUS... TOUT ÇA POUR TROUVER QUOI ?
EN DÉPIT DE TOUTE TA PATIENCE, JE COMPRENDS QUE TU EN VIENNES À TROUVER ÇA TRÈS ÉGOÏSTE, BRITOMARTIS.
JE... JE TROUVE AUSSI CELA TRÈS COURAGEUX.
LE COURAGE EST L'INTELLIGENCE DES BRUTES.
ALORS COMME ÇA, JE SUIS UNE BRUTE ?
JE N'AI JAMAIS DIT ÇA.
TU N'AS PAS DIT LE CONTRAIRE.
LA DÉLICATESSE N'EST PAS TA QUALITÉ PRINCIPALE.

PHYS, JE...
KAK
KAK
MRAOOO!
FSH!
PHYSALIS ! TU NE VOIS PAS CE QUI SE PASSE ? CETTE FILLE EST MALÉFIQUE !
PARTONS ! PARTONS AVANT QU'ELLE NE NOUS EMPOISONNE !
NON ! ELLE SAIT DES CHOSES !
ELLE PEUT ME DIRE CE QUE JE VEUX SAVOIR SUR NOTRE PÈRE ! SUR NOS FRÈRES !
RIEN DE CE QU'ELLE NOUS DIRA NE POURRA NOUS AIDER VIENS !
LAISSE-MOI !
J'AI BIEN COMPRIS, TU SAIS ! TU NE CROIS NI EN CE QUE JE CHERCHE NI EN CE QUE JE SUIS !

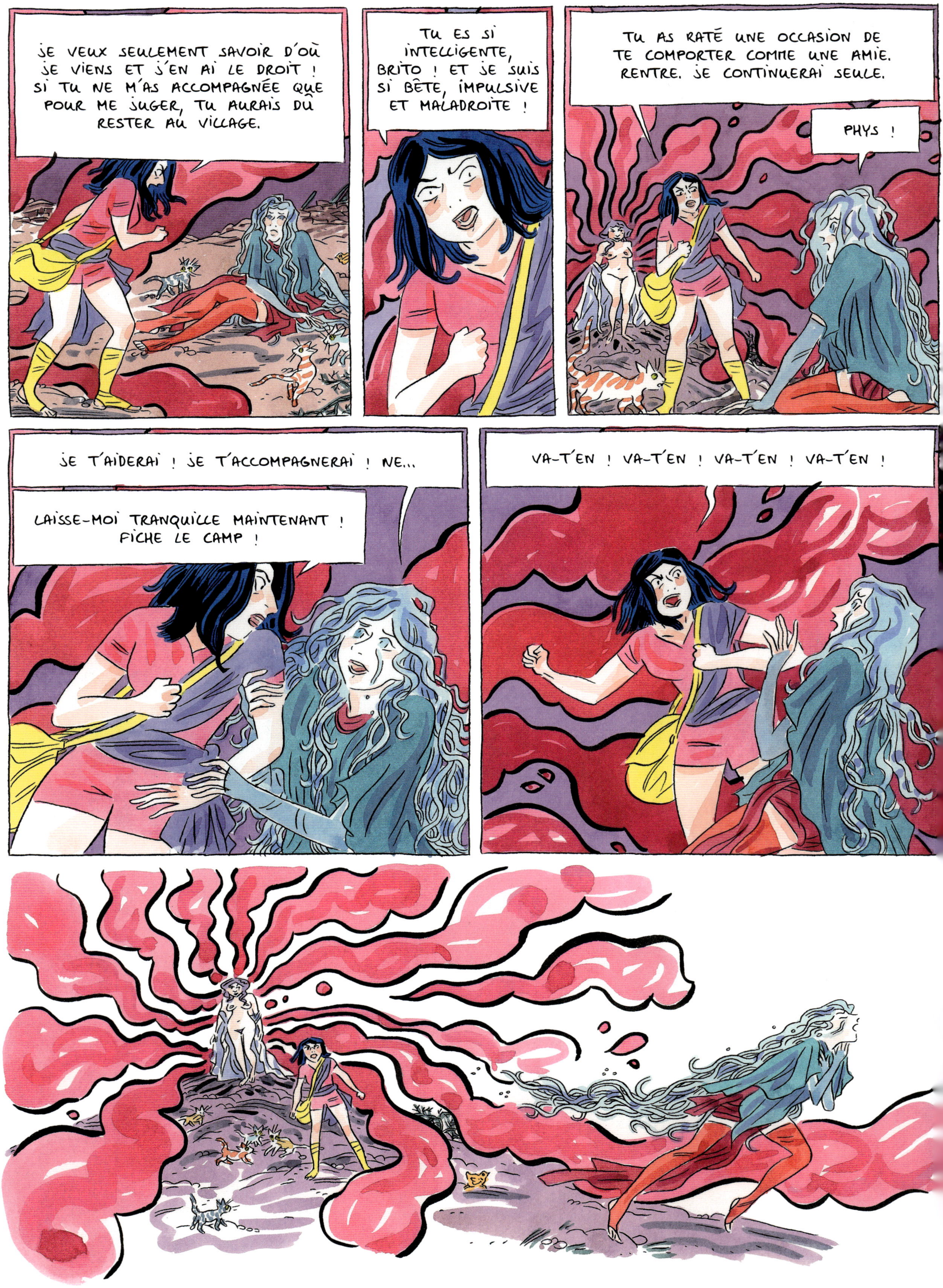
JE VEUX SEULEMENT SAVOIR D'OÙ JE VIENS ET J'EN AI LE DROIT ! SI TU NE M'AS ACCOMPAGNÉE QUE POUR ME JUGER, TU AURAIS DÛ RESTER AU VILLAGE.
TU ES SI INTELLIGENTE, BRITO ! ET JE SUIS SI BÊTE, IMPULSIVE ET MALADROITE !
TU AS RATÉ UNE OCCASION DE TE COMPORTER COMME UNE AMIE. RENTRE. JE CONTINUERAI SEULE.
PHYS !
JE T'AIDERAI ! JE T'ACCOMPAGNERAI ! NE...
LAISSE-MOI TRANQUILLE MAINTENANT ! FICHE LE CAMP !
VA-T'EN ! VA-T'EN ! VA-T'EN ! VA-T'EN !

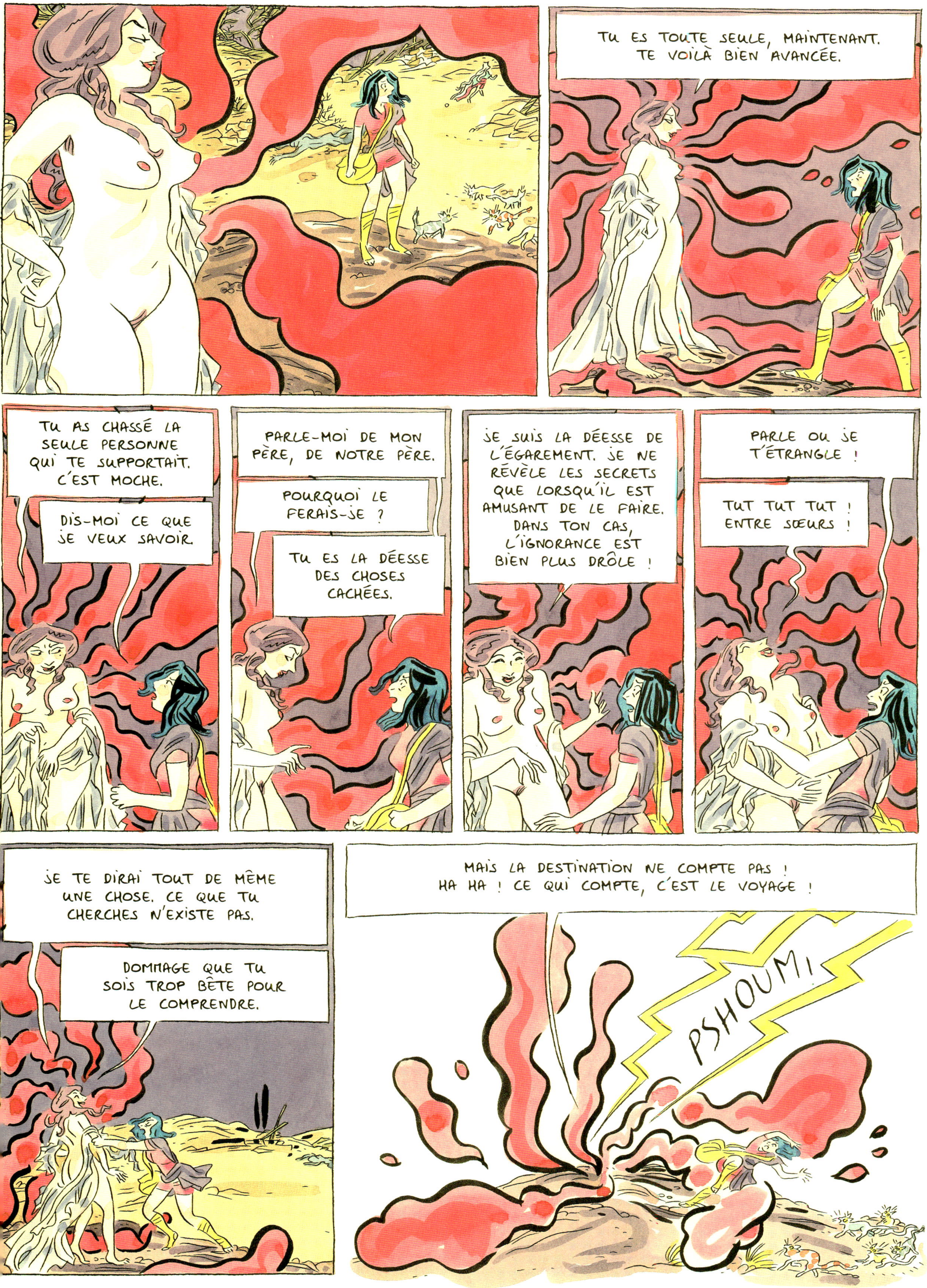
TU ES TOUTE SEULE, MAINTENANT. TE VOILÀ BIEN AVANCÉE.
TU AS CHASSÉ LA SEULE PERSONNE QUI TE SUPPORTAIT. C'EST MOCHE.
DIS-MOI CE QUE JE VEUX SAVOIR.
PARLE-MOI DE MON PÈRE, DE NOTRE PÈRE.
POURQUOI LE FERAIS-JE ?
TU ES LA DÉESSE DES CHOSES CACHÉES.
JE SUIS LA DÉESSE DE L'ÉGAREMENT. JE NE RÉVÈLE LES SECRETS QUE LORSQU'IL EST AMUSANT DE LE FAIRE. DANS TON CAS, L'IGNORANCE EST BIEN PLUS DRÔLE !
PARLE OU JE T'ÉTRANGLE !
TUT TUT TUT ! ENTRE SŒURS !
JE TE DIRAI TOUT DE MÊME UNE CHOSE. CE QUE TU CHERCHES N'EXISTE PAS.
DOMMAGE QUE TU SOIS TROP BÊTE POUR LE COMPRENDRE.
MAIS LA DESTINATION NE COMPTE PAS ! HA HA ! CE QUI COMPTE, C'EST LE VOYAGE !
PSHOUM !

ATÉ !
ATÉ ?
BRITOOOO !

JE N'Y CROIS PAS. JE N'Y CROIS PAS. JE N'Y CROIS PAS. JE N'Y CROIS PAS.
ELLE M'A DIT DE PARTIR ET JE SUIS PARTIE. JE L'AI ABANDONNÉE. JE L'AI LAISSÉE.
COMME SI ELLE NE COMPTAIT PAS. COMME SI RIEN NE COMPTAIT.
TU PEUX TOUJOURS FAIRE DEMI-TOUR ET RETOURNER LA CHERCHER.
JE SAIS.

MAIS IL VAUT MIEUX QUE JE RESTE UN PEU SEULE.
C'EST SYMPA POUR MOI.
JE VOULAIS DIRE « SANS ELLE ».
« SEULE » ET « SANS ELLE », ÇA VEUT DIRE LA MÊME CHOSE POUR TOI. C'EST MIGNON.
QUE VEUX-TU DIRE ?
OH, RIEN.
J'AI ÉTÉ MÉTAMORPHOSÉE EN CAILLE AVANT DE CONNAÎTRE L'AMOUR. JE FERAIS MIEUX DE ME TAIRE.
MMMM...
ASTÉRIA ?
ON DIRAIT QU'IL SE PASSE QUELQUE CHOSE AVEC LA VÉGÉTATION.
TOUT EST SI VERT ! CE PARFUM DE FLEURS...
ET ÇA ! ON DIRAIT...
... DES CERISES, OUI.

ELLES SONT MÛRES. LES FRUITS SONT TOUJOURS MÛRS DANS LE JARDIN DES HESPÉRIDES.

LA SUAVITÉ DE L'AIR ME TRANSPORTE DANS D'AUTRES SPHÈRES ! JE DÉCOLLE, JE M'ENVOLE, LA BRISE EST D'UNE DOUCEUR FOLLE !
ASTÉRIA ?
LA BEAUTÉ REND POÈTE. C'EST UN DES EFFETS DU JARDIN.
RIMAILLEZ TANT QUE VOUS VOUDREZ, MAIS PAS LE VENTRE VIDE.
MANGEZ !

ICI, LES ARBRES SONT PERPÉTUELLEMENT EN FLEURS ET EN FRUITS.
VOUS VIVEZ LÀ TOUTES ENSEMBLE ?
ENTRE SŒURS. TU NOUS AS TROUVÉES CAR TU ES DES NÔTRES.
NOUS NOUS SOMMES RÉFUGIÉES DANS CE JARDIN APRÈS AVOIR FUI L'OLYMPE ET SES PSYCHODRAMES. L'AIR ÉTAIT DEVENU IRRESPIRABLE. VIOLENCES, JALOUSIES, TRAHISONS !
ET LES VIOLS...

LES HOMMES ONT DÉJÀ DU MAL À SUPPORTER QU'ON LEUR DISE NON, MAIS LES DIEUX...
LES DIEUX N'ENTENDENT MÊME PAS.
ICI, NOUS SOMMES EN SÉCURITÉ. ENTRE SŒURS, NOUS NOUS SOUTENONS, NOUS NOUS ENTRAIDONS.
ENTRE SŒURS...
DANS CE JARDIN MÉCONNU, GRÂCES ET BEAUTÉS MISES À NU, NOUS VIVONS PARMI LES POMMES INVISIBLES AUX YEUX DES HOMMES.
ELLE A DIT « GRAISSES » ?
MAIS NON !
ICI, CHACUNE FAIT SA PART, CHACUNE A UN TRAVAIL. NOUS LES HEURES, NOUS PRÉSIDONS AU CHANGEMENT DES SAISONS.
ENFIN, ELLES NE CHANGENT QUE DANS LE MONDE DES HUMAINS. ICI, C'EST TOUJOURS L'ÉTÉ...
LES MORTELS ONT BESOIN DE L'HIVER POUR APPRÉCIER L'ÉTÉ. NOUS, NON.
COMME ILS ONT BESOIN DE LA MORT POUR AIMER LA VIE.
ET ÇA, C'EST NOTRE TRAVAIL DE MOIRES.

NOUS TISSONS LE FIL DES DESTINÉES HUMAINES, NOUS IMPRIMONS À CHACUNE LES MOTIFS QUI LUI SONT PROPRES. IL FAUT TROUVER À CHAQUE FOIS DES CHAÎNES D'ÉVÈNEMENTS INÉDITES, DES INTERACTIONS INATTENDUES... APRÈS DES SIÈCLES, CELA DEVIENT DIFFICILE. TOUTES LES HISTOIRES ONT DÉJÀ ÉTÉ RACONTÉES.
TU ES TROP MODESTE, MON CHOU. MOI, TU ME SURPRENDS TOUJOURS !
CLIC !
QUI... QUI AVEZ-VOUS TUÉ ?
UN BERGER QUI SE PRENAIT POUR UN POÈTE. TOUTE SA VIE, IL A ÉTÉ AMOUREUX DE FILLES QUI NE LE VOYAIENT MÊME PAS. IL LEUR A ÉCRIT QUANTITÉ DE POÈMES QUE PERSONNE N'A LUS NI NE LIRA JAMAIS.
DIEU MERCI.
IL S'EST OUVERT LE CRÂNE CONTRE UN ROCHER EN COURANT POUR RATTRAPER UNE DE SES CHÈVRES.
QUELLE VIE POURRIE...

MAIS... SI VOUS AVEZ LE CHOIX... POURQUOI LEUR DONNER DES VIES AUSSI MISÉRABLES ?
ILS NE PEUVENT PAS TOUS ÊTRE ROIS OU AVENTURIERS.
C'EST INJUSTE.
OUI.
NE SOIS PAS TRISTE, BRITO. LA VIE DES HUMAINS EST INJUSTE MAIS ELLE EST RICHE AUSSI.
ET C'EST AUSSI GRÂCE À NOUS.
NOUS LES MUSES NOUS LES INSPIRONS.
CE DOIT ÊTRE PASSIONNANT.
OUI. ET ÉREINTANT !
TU N'IMAGINES PAS LE NOMBRE DE BERGERS QUI SE METTENT EN TÊTE D'ÊTRE POÈTES !

CERTAINS SONT DOUÉS, D'AUTRES... ON A BEAU ESSAYER DE LES INSPIRER, S'ILS N'ONT RIEN DANS LA TÊTE, IL N'EN SORTIRA RIEN.
QUE TU ES MÉCHANTE !
CE N'EST PAS VRAI, PEUT-ÊTRE ?
SI. MAIS JE LE DIRAIS PLUS GENTIMENT...
C'EST POUR ÇA QUE NOUS AUTRES MUSES SOMMES SI NOMBREUSES. IL Y A TOUJOURS MILLE FAÇONS DE DIRE LES CHOSES.
HA HA ! ON N'EST PAS MILLE, SEULEMENT NEUF.

SI VOUS ÉTIEZ MILLE, IL N'Y AURAIT PLUS DE PLACE DANS LE JARDIN !
ET ON N'ENTENDRAIT PLUS LES OISEAUX.
PIMBÊCHES !
NOUS, LES HESPÉRIDES, FAISONS DE CE JARDIN UN LIEU ENCHANTEUR POUR NOUS ET NOS SŒURS.
J'AI UN FAIBLE POUR LES GREFFES. VOUS VERREZ ICI DES ROSES QUI N'EXISTENT NULLE PART AILLEURS.
MOI J'ENLÈVE LES MAUVAISES HERBES ET JE CHASSE LES NUISIBLES.
C'EST UN JARDIN MAGIQUE ! IL N'Y A NI ORTIES NI PUCERONS !
JE N'AI JAMAIS DIT QUE MA TÂCHE ÉTAIT DIFFICILE.

QUANT À MOI, JE M'OCCUPE DES FRUITS. FRAISES, KIWIS, PRUNES, KAKIS, GROSEILLES, ABRICOTS... ILS SONT TOUS DÉLICIEUX.
À PART LES POMMES D'OR.
C'EST UN COUP À Y LAISSER UNE DENT. TU SAIS QUE C'EST À CAUSE DE L'UNE DE CES POMMES QU'A EU LIEU LA GUERRE DE TROIE ?
OUI.
RESTE AVEC NOUS, BRITOMARTIS. TU ES ÉGARÉE.
TU AS BESOIN DE RÉPIT. DANS CE JARDIN, AUPRÈS DE TES SŒURS, TU SERAS À L'ABRI DU MONDE.
MERCI.
MAIS JE NE SUIS PAS SÛRE DE VOULOIR ÊTRE À L'ABRI DU MONDE.

JE COMPRENDS. NOUS NE SOMMES PAS LES SŒURS QUE RÉCLAME TON CŒUR.
QUE TES PAS TE MÈNENT À CE QUE TU CHERCHES, BRITOMARTIS. QUOI QU'IL ARRIVE, CE JARDIN TE SERA TOUJOURS UN REFUGE.
MAINTENANT, VIENS. TERPSICHORE A FAIT DE LA TARTE AUX PETITS POIS.

CHAPITRE HUIT

NUL NE SAIT DE QUOI
HIER SERA FAIT

IL SAIT TOUT, IL VOIT TOUT,
CE DIEU EST UN FILOU.
IL FAUT PAS S'ÉTONNER
QU'IL AIT QUELQUES SECRETS.

SALUT.
CE DOIT ÊTRE CHOUETTE D'AVOIR UN CYGNE APPRIVOISÉ.
CE N'EST PAS UN CYGNE !
C'EST MON FRÈRE.

OUPS. PARDON.
TIENS, MON POPO. COUVRE-TOI !
MERCI MON TOTOR.
NOUS SOMMES CASTOR ET POLLUX, LES ENFANTS DE LÉDA.
CASTOR EST LE FILS DE TYNDARE.
POLLUX EST LE FILS DU GRAND ZEUS.
IL A SÉDUIT NOTRE MÈRE SOUS LA FORME D'UN CYGNE.
NOUS SOMMES NÉS DU MÊME ŒUF.
CLASSE, HEIN ?
EUH...
IL Y A DES GENS QUI DISENT QUE NOUS SOMMES DES FAUX JUMEAUX. LES GENS DISENT N'IMPORTE QUOI. ON EST DES FAUX RIEN-DU-TOUT !
BIEN DIT, MON POPO !

ON FAIT TOUT ENSEMBLE.
ON NE SE QUITTE JAMAIS.
À PART POUR ALLER AUX TOILETTES.
ON DORT ENSEMBLE.
ON MANGE ENSEMBLE.
ON BOIT ENSEMBLE.
ON FAIT DE LA MUSIQUE ENSEMBLE.
ON SE RACONTE DES HISTOIRES.
QU'EST-CE QUI NE VA PAS ?
MOI AUSSI, J'AVAIS UNE SŒUR À MES CÔTÉS.
AVEC QUI JE PARTAGEAIS TOUT.
À QUI JE POUVAIS TOUT DIRE...
MRAOU
ET OÙ EST-ELLE ? ELLE EST MORTE ?
NON... ELLE EST SEULEMENT...
... PARTIE.
ALORS, CE N'EST PAS PAREIL. POLLUX NE ME LAISSERAIT JAMAIS.
TOTOR NON PLUS.

OOOOOOH...
MAOUH !
LÀ. LÀ. ON NE VOULAIT PAS TE FAIRE DE PEINE.
SEULEMENT, LE VRAI AMOUR EST ÉTERNEL ET INALTÉRABLE.
NI LA VIE...
... NI LA MORT...
... NI L'ABSENCE...
... NE PEUVENT LE DÉTRUIRE.
SI TA SŒUR ET TOI VOUS AIMEZ DE CET AMOUR-LÀ, VOUS VOUS RETROUVEREZ.
SINON...
... IL N'Y A RIEN QUI VAILLE LA PEINE DE PLEURER.

BRITO... N'EST PAS MA SEULE FAMILLE. JE SUIS À LA RECHERCHE DE MES AUTRES FRÈRES ET SŒURS.
C'EST POUR ÇA QUE JE SUIS ICI.
JE SUIS VOTRE SŒUR.
ÇA M'ÉTONNERAIT.
ON N'A JAMAIS ENTENDU PARLER DE TOI.
ZEUS SAIT GARDER SES SECRETS.
HA HA HA HA HA HA
ÇA SE VOIT QUE TU NE LE CONNAIS PAS ! ZEUS EST INCAPABLE DE GARDER UN SECRET !
L'OLYMPE ENTIÈRE EST UN NID DE COMMÈRES. ET COMME ILS ONT L'ÉTERNITÉ POUR COMMÉRER, IL NE RESTE PLUS LE MOINDRE PETIT SECRET À SE METTRE SOUS LA DENT.
SI TU ÉTAIS NOTRE SŒUR, ON LE SAURAIT.
PEUT-ÊTRE QUE VOUS EN SAVEZ MOINS QUE CE QUE VOUS CROYEZ !
PEUT-ÊTRE QUE VOUS NE SAVEZ RIEN SUR RIEN !
NI SUR L'AMOUR, NI SUR L'AMITIÉ, NI SUR LA FAMILLE !
RESTEZ DANS VOTRE MARE À VOUS REGARDER LE NOMBRIL ! VOUS NE SAVEZ RIEN FAIRE D'AUTRE !
OH !
QUELLE GROSSIÈRETÉ !
FSHH !

NOUS NE SAVONS PAS D'OÙ TU SORS, PETITE BÂTARDE, MAIS TU FERAIS MIEUX D'Y RETOURNER !
NE T'ÉNERVE PAS, MON POPO, ÇA N'EN VAUT PAS LA PEINE.
TU AS RAISON, MON TOTOR.

LE PROBLÈME AVEC LE VOYAGE, C'EST QU'IL FAUT TROUVER DES RAISONS DE RENTRER. PARTIR, C'EST FACILE. NOUS SOMMES FAITS POUR AVANCER.
REVENIR EN ARRIÈRE, C'EST AVOUER QUE L'ON S'EST TROMPÉ. L'HERBE N'EST PAS PLUS VERTE AILLEURS. NI LA MER PLUS BLEUE.
SI PHYSALIS ÉTAIT LÀ, ÇA ME SERAIT ÉGAL. JE REVIENDRAIS SUR MES PAS, LE SOURIRE AUX LÈVRES. MAIS PHYSALIS N'EST PAS LÀ.

LA MER EST INFINIE, L'ESPOIR, INDÉFINI. ET POUR NE PAS COULER, IL NOUS FAUT PAGAYER.
TU ES DEVENUE LYRIQUE DEPUIS LE JARDIN, ASTÉRIA.
CADEAU D'ADIEU DES MUSES.
BRITOMARTIS...
NOUS SOMMES PRESQUE ARRIVÉES AU VILLAGE.
ET TU RAMES DE MOINS EN MOINS FORT.
J'AI PEUR.
J'AI PEUR DE RENTRER SANS ELLE. J'AI PEUR DE NE PAS TROUVER DE QUOI REMPLIR LE VIDE QU'ELLE A LAISSÉ. J'AI PEUR DE NE TROUVER QU'UN FOYER INCOMPLET. ET SI...
BRITO !
BRITOMARTIS ! C'EST PAS VRAI ! C'EST TOI !
J'Y CROIS PAS !
T'ES VRAIMENT LÀ !
T'ES FOLLE ! TU AVAIS RÉUSSI À T'ÉCHAPPER DE CE TROU PERDU ET TE REVOILÀ !
ON TE MANQUAIT ?

BEN OUI ! TERRIBLEMENT !
MERDE ! ASTÉRIA !
PARDON, MA COCOTTE !
C'EST QUOI, CETTE GROSSE CAILLE ?
THEUHEU !
C'EST ASTÉRIA. ELLE NOUS ACCOMPAGNE DEPUIS...
OÙ EST PHYSALIS ?
OÙ EST MA FILLE ?
BON BEN, BRITO, ON SE VOIT PLUS TARD, HEIN...

ELLE N'A PAS VOULU RENTRER AVEC MOI. PAS AVANT D'AVOIR RETROUVÉ NOTRE PÈRE.
MAIS...
ELLE VA BIEN.
ELLE ALLAIT BIEN QUAND TU L'AS LAISSÉE.
NE DITES PAS ÇA. ELLE VA BIEN, C'EST TOUT.
MA FILLE ! MA TOUTE PETITE FILLE !
TU DOIS RETOURNER LA CHERCHER, BRITOMARTIS. ELLE A BESOIN DE TOI.
ELLE NE VEUT PLUS DE MOI. ELLE M'A CHASSÉE.
CE SONT DES CONNERIES ET TU LE SAIS TRÈS BIEN.
EUH...

DEPUIS QU'ELLE SAIT MARCHER, ELLE CAVALE À TES CÔTÉS.
LA VIE AU PHARE N'ÉTAIT PAS DRÔLE MAIS CE N'EST PAS À CAUSE DE ÇA. ELLE T'A CHOISIE.
DE MOMENT OÙ ELLE T'A VUE, TU ES DEVENUE SON MONDE.
TOI SEULE PEUX LUI DIRE QUE CE APRÈS QUOI ELLE COURT N'EXISTE PAS.
JE LE LUI AI DIT. JE LE LUI AI DIT CENT FOIS.
TU NE COMPRENDS PAS, BRITOMARTIS.
PHYSALIS NE TROUVERA RIEN.
ZEUS N'EST PAS SON PÈRE. SON PÈRE S'APPELAIT MILO. IL EST MORT SANS SAVOIR QUE J'ÉTAIS ENCEINTE DE LUI.
IL ÉTAIT MON AMI, MON AMOUR, MON INSÉPARABLE. IL ÉTAIT MON MONDE.

NOUS AVIONS PASSÉ TOUTE NOTRE VIE ENSEMBLE. ON ÉTAIT DES GOSSES ET ÇA PARAISSAIT L'ÉTERNITÉ. JE SUIS TOMBÉE ENCEINTE ET LUI, AVANT QUE J'AIE PU TROUVER LE TEMPS DE LE LUI DIRE, IL EST PARTI À L'AVENTURE SUR LES MERS. IL DEVAIT SE DIRE QUE JE L'ATTENDRAIS, QU'IL AVAIT LE TEMPS POUR LA VIE DE FAMILLE, ALORS QUE L'ÂGE DE LA FOLIE ET DE L'INTRÉPIDITÉ EST BIEN COURT. IL EST MORT À LA PREMIÈRE TEMPÊTE, L'IMBÉCILE.

J'ÉTAIS TELLEMENT EN COLÈRE QU'IL SOIT MORT QUE JE N'AI MÊME PAS PLEURÉ. JE SERRAIS LES POINGS DE RAGE DANS LES RUES. LA COLÈRE A EMPOISONNÉ MON SANG.
QUAND PHYSALIS EST NÉE, ELLE A POUSSÉ UN CRI TERRIBLE.
ELLE NE S'EST ARRÊTÉE QUE LE VISAGE VIOLET, À BOUT DE SOUFFLE. J'AI SU QUE JE LUI AVAIS PASSÉ MA COLÈRE.
CES HURLEMENTS QUE J'AVAIS ÉTOUFFÉS, ELLE LES POUSSAIT POUR MOI.
ELLE BRAILLAIT. TOUT LE TEMPS. LES VIEUX L'APPELAIENT « LA CORNE DE BRUME ». UN JOUR, C'EST SORTI TOUT SEUL. J'AI DIT :
C'EST DANS SA NATURE DE FAIRE DU TAPAGE, SON PÈRE EST LE DIEU DE L'ORAGE.
LE MOT ÉTAIT LANCÉ. ZEUS.
LES OS DE MILO BLANCHISSAIENT MAIS PHYSALIS AVAIT FINALEMENT UN PÈRE.

MON HISTOIRE ME RENDAIT TROP TRISTE, ALORS J'EN AI INVENTÉ UNE AUTRE. LE VILLAGE A FAIT SEMBLANT DE ME CROIRE.
J'AI PRESQUE FINI PAR ME CONVAINCRE MOI-MÊME. C'EST COMME ÇA, AVEC LES MENSONGES.
AU BOUT D'UN MOMENT, C'EST LA VÉRITÉ QUI SONNE FAUX.
ET PUIS ON T'A REPÊCHÉE DANS LA BAIE. UNE VRAIE FILLE DE ZEUS. QUAND PHYSALIS T'A VUE POUR LA PREMIÈRE FOIS, ELLE A ARRÊTÉ DE HURLER.
D'UN COUP. TU AS FAIT TOMBER SA COLÈRE.
TU DOIS LA RETROUVER, BRITO. ET TOUT LUI DIRE.
SI ELLE ARRIVE JUSQU'À ZEUS, IL VA LA FOUDROYER.
IL VA FAIRE DE MA PETITE UN TAS DE CENDRES À CAUSE DES BÊTISES QUE JE LUI AI RACONTÉES !

NOUS SOMMES ARRIVÉS.
VOILÀ L'OLYMPE, MES CHATONS.

BONJOUR !
VOUS CONSTRUISEZ QUOI ?
ÇA NE SE VOIT PAS ? C'EST UN TEMPLE POUR HÉRA.
ON A GRAVÉ DES PAONS PARTOUT. COMME C'EST SON EMBLÈME ET TOUT ÇA...
DANS LE BÂTIMENT, LES CLIENTS SONT TOUJOURS PÉNIBLES. MAIS LÀ... CE SONT DES DIEUX...
OUBLIEZ UNE PLUME DE PAON, BÂCLEZ UN CHAPITEAU ET VOUS VOILÀ FOUDROYÉ OU CHANGÉ EN HANNETON.
JE N'EXAGÈRE PAS ! C'EST ARRIVÉ À DES COLLÈGUES !
J'AI L'IMPRESSION QU'IL Y A PLUS DE TEMPLES QUE DE DIEUX SUR L'OLYMPE.
AH OUI ! BEAUCOUP PLUS !
AU DÉBUT, IL N'Y EN AVAIT QU'UN POUR CHACUN.
ET PUIS ARTÉMIS A EU L'IMPRESSION QUE CELUI D'ATHÉNA ÉTAIT PLUS GROS QUE LE SIEN. IL A FALLU LUI EN CONSTRUIRE UN AUTRE.
ELLE NE POUVAIT PAS ÊTRE LA SEULE À EN AVOIR DEUX. APOLLON EN A RÉCLAMÉ UN. PUIS DÉMÉTER. PUIS TOUS LES AUTRES.

ILS COMPTABILISENT LE MOINDRE ORNEMENT QU'IL POURRAIT Y AVOIR EN PLUS SUR LE TEMPLE DU COLLÈGUE. ILS SONT TOUS PAREILS : MESQUINS, JALOUX ET OMBRAGEUX.
ET S'IL Y A UN SOUCI, QUI EST-CE QUI TRINQUE ?
C'EST BIBI !
BAH ! ON NE LES REFERA PAS.
JE N'ÉCHANGERAIS PAS MA VIE AVEC LA LEUR ! SURVEILLER, COMMÉRER ET BOIRE DU NECTAR...
POUR L'ÉTERNITÉ.
AVEC LES MÊMES TÊTES.
PAS ÉTONNANT QU'ILS DESCENDENT SI SOUVENT DANS NOTRE MONDE.
ILS ONT BESOIN DE TOUS CES TEMPLES POUR SE SENTIR AIMÉS. ÇA FAIT MARCHER LE COMMERCE.
MAIS QUAND MÊME... ÇA ENLAIDIT LE PAYSAGE !
ON S'HABITUE, J'IMAGINE...
ON S'HABITUE À TOUT, C'EST SÛR.

ET TOI, PETITE ? QU'EST-CE QUE TU VIENS FAIRE ICI ?
JE VIENS VOIR MON PÈRE.
IL TRAVAILLE SUR LE CHANTIER ? JE LE CONNAIS SÛREMENT !
C'EST ZEUS.
JE NE SAIS PAS SI TU FAIS L'INTÉRESSANTE OU SI TU DIS LA VÉRITÉ...
DANS LES DEUX CAS, TU DEVRAIS LAISSER TOMBER CE PROJET IMBÉCILE.
JE NE PEUX PAS RENONCER.
POURTANT, C'EST PARFOIS LA MEILLEURE CHOSE À FAIRE.
HÉLAS...
LES JEUNES NE COMPRENNENT PAS ÇA.

VOUS ÊTES D'ACCORD AVEC LUI, PAS VRAI ? VOUS PENSEZ QUE ZEUS VA ME FOUDROYER AVANT MÊME QUE J'AIE ATTEINT LE SOMMET ?
Miii!
MRAOUH!
Miii!
Miii!
QUE JE VAIS MOURIR PAR OBSTINATION ET PAR BÊTISE.
QU'EST-CE QUE JE PEUX FAIRE D'AUTRE ?
MIOU!
Miii!
Miou!
J'AI QUITTÉ TOUT CE QUE JE CONNAISSAIS. J'AI PERDU MA SEULE VRAIE SŒUR ET JE SAIS ENCORE MOINS QUI JE SUIS QUE QUAND JE SUIS PARTIE.
Miii!
MRAOU!
MRROU!
Miou!
JE N'AI PAS LE COURAGE D'ACCEPTER QUE TOUT ÇA AIT PU NE SERVIR À RIEN.
JE NE PEUX PAS.
MAIS VOUS...
Miiii
... VOUS N'ÊTES PAS OBLIGÉS DE ME SUIVRE.

ALLEZ, PETITS ! ON Y EST PRESQUE !
PHYSALIS !
BRITOMARTIS... OH, BRITO...

MIOOOUH
MRRRAOU
MIII
PHYSALIS ! TOUS CES CHATS !
LE TYPE AVAIT RAISON. ILS SE REPRODUISENT VITE.
À CE RYTHME, LES CHATS VONT DOMINER LE MONDE.
LES BÂTARDS VONT DOMINER LE MONDE.

MON PÈRE N'EST PAS UN DIEU. MON PÈRE ÉTAIT UN MARIN. IL EST MORT DANS UNE TEMPÊTE LORS DE SA PREMIÈRE GRANDE PÊCHE. IL S'ESTIMAIT TROP JEUNE POUR ÊTRE UN ÉPOUX ET UN PÈRE. IL AVAIT L'ÂGE IDÉAL POUR MOURIR BÊTEMENT.

D'AUCUNS DIRONT QUE JE SAIS PEU DE CHOSES DE MON PÈRE. C'EST VRAI. ET C'EST FAUX. NOUS AVONS GRANDI SUR LES MÊMES RIVAGES, PARCOURU LES MÊMES SENTIERS. NOUS AVONS JETÉ LES MÊMES GALETS PLATS DANS L'EAU POUR FAIRE DES RICOCHETS.

JE SAIS DE MON PÈRE QU'IL AVAIT SOIF D'AVENTURE ET QU'IL A TOUT QUITTÉ POUR ÉTANCHER CETTE SOIF. JE LE SAIS CAR J'AI MOI AUSSI RESSENTI CET APPEL. JE SAIS DE MON PÈRE TOUT CE QUE J'AI À SAVOIR.
J'AI COMMIS CERTAINES DE SES ERREURS. J'EN COMMETTRAI QUI NE SERONT QU'À MOI. JE SAIS QU'IL N'EST PAS BESOIN DE TOUT QUITTER POUR VIVRE UNE AVENTURE.

JE SAIS QUE LA VIE EST UNE AVENTURE.
LA MORT AUSSI, PEUT-ÊTRE. QUI SAIT ?

ÉPILOGUE

CAR TOUT A UNE FIN

PSSHSHSH
TU M'AS APPELÉ, MA FILLE ?
PÈRE !
NON ! ENFIN, SI. MAIS CE N'EST PAS VRAIMENT TOI QUE JE CHERCHAIS.
TANT MIEUX.
JE SUIS LAS D'ÊTRE CONVOQUÉ PAR DES ENFANTS QUI ME DEMANDENT DES COMPTES.
ON DIRAIT QU'ILS ATTENDENT EMBUSQUÉS DANS TOUS LES COINS POUR ME TOMBER DESSUS.
TU AS EU DE NOMBREUX ENFANTS, PÈRE.
HA HA ! C'EST VRAI !

L'ÉTERNITÉ DONNE LE TEMPS D'ACCUMULER LES ERREURS.
JE COMMETTRAI LES ERREURS D'UNE VIE HUMAINE.
C'EST CE QUE JE TE SOUHAITE, MA FILLE.
ZABONG
QU'EST-CE QU'IL Y A ?
QU'EST-CE QU'IL SE PASSE ?

RIEN, RIEN.
RENDORS-TOI.

Les Bâtardes de Zeus sont nées de l'envie de dessiner un livre sur les oubliés de la mythologie grecque, les seconds couteaux dérivant dans le sillage des héros et des dieux. Puis le projet s'est concentré sur Zeus et ses enfants éparpillés dans le monde comme des miettes après un banquet.

Le projet a pris la forme d'une bande dessinée musicale lors d'une résidence en Grèce sur les traces du dieu. Ce dispositif porté par la ville du Havre a permis l'écriture d'un scénario et des paroles d'une poignée de chansons pour l'accompagner. Une aide du CNL a donné le temps aux Bâtardes de se développer et d'aboutir sous la forme de ce livre accompagné de dix chansons du groupe électro-pop-canin Esprit Chien, une par chapitre.

Mais l'aventure ne s'arrête pas là, et surtout, elle est collective. Les dix chansons initiales sont devenues seize et ont formé un album avec le concours de J.P. le Saint et du studio Honolulu. Des clips ont été réalisés par la talentueuse Stéphanie Cazaentre. Un concert dessiné est né parallèlement, Singeon aux pinceaux et Lucie Killoffer à la mise en scène. Au programme, encres colorées, bois de chevreuil et bottes poilues pour un spectacle mettant en musique l'éternelle lutte de l'humain et du divin.

Pour en entendre et en voir plus :

Bandcamp du groupe Esprit Chien : https://espritchien.bandcamp.com

Chaine Youtube d'Esprit Chien : www.youtube.com/@espritchien1700

Introduction : Caché (Maupré/d'Albret)

Pour se trouver un père,
Il faut du savoir-faire.
Il faut chercher au mieux,
Surtout si c'est un dieu.
Le plus petit caillou,
Le plus infime trou
Peut fournir un abri
Infiniment petit,
Quand l'infiniment grand
Ne mène qu'au néant.

Chapitre 1 : Bâtards
(Maupré/d'Albret)

Si dans chaque poubelle, il y a dix chats errants,
Si dans chaque prairie, il y a mille fleurs des champs,
Dans les ventres des mères mijotent des enfants
Préparés à jaillir comme éructe un volcan !

Si dans les herbes hautes ondulent les vipères
Et si les sauterelles s'élancent dans la poussière,
Pour demander des comptes, les bâtards se préparent :
Leur courage est leur vent, leur colère est leur phare.

Je cherche un dieu, je cherche un père,
Je cherche quelqu'un à rendre fier.
Je cherche un père, je cherche un dieu,
À fixer dans le blanc des yeux.

Si sous chaque caillou, la vie bouillonne et bout,
Et si son tourbillon emplit le moindre trou,
Si les pères indignes ne peuvent se cacher,
Ils devront se livrer aux enfants indignés !

Je cherche un dieu, je cherche un père,
Je cherche quelqu'un à rendre fier.
Je cherche un père, je cherche un dieu,
À fixer dans le blanc des yeux.

Mais prenez garde, enfants, à ce que vous cherchez.
Un père retrouvé n'en est pas moins mauvais.
Au prix de vos souffrances, vous verrez de vos yeux
Au royaume des cieux, plus de fous que de dieux...

Chapitre 2 : L'Inconnu
(Maupré/Le Saint)

La vie est un voyage
Et je suis sans bagage
Au fond ça ne fait rien,
J'irai d'autant plus loin
Sans poids sur mes épaules
Que quelques boucles folles.

La vie est un voyage
Seule la mort rend sage
Et quand on ne sait rien,
Léger sur les chemins,
On peut marcher sans peine,
Ignorant aux mains pleines.

Je sens le vent de l'inconnu
Qui souffle sur ma peau nue...
Je quitte tout pour un ailleurs
Où recommencer mes erreurs.

La vie est un voyage,
La vie est un passage,
Le début devient fin,
Hier devient demain,
On se retrouve enfant
Marchant à travers champs.

Je sens le vent de l'inconnu
Qui souffle sur ma peau nue...
On ne sème jamais ses ennuis
Mais il arrive qu'on les oublie.
Je sens le vent de l'inconnu
Des plumes que j'aurais perdues,
À errer le long des taillis,
Un oiseau en fera son nid...

Chapitre 3 : Âme animale
(Maupré/d'Albret)

Mon âme animale
Ne te fera aucun mal.
Si nul ne la pousse,
Elle fera patte douce.
Et caressée dans le bon sens,
Elle fera quelques pas de danse.

Mon âme animale
Se lustrera le poil,
Pour paraître sage,
Lissera son pelage.
Aucune tenue de gala
Ne sera trop belle pour toi.

Mon âme animale,
Pailletée d'étoiles,
Se fera légère
Suspendue dans les airs,
En équilibre sur un fil,
Guettant un battement de cil.

Quand tu seras triste,
Elle entrera en piste
Et pour tes beaux yeux,
Dans des cercles de feu,
Elle sautera, tremblant d'amour,
Elle montrera ses meilleurs tours.

Mon âme animale
À des envies banales
D'être caressée
Et d'être apprivoisée.
Mais ne veut l'être que par toi,
Soumise au doux son de ta voix...

Chapitre 4 : La Solitude des monstres
(Maupré/d'Albret)

Quand on est si laid,
On n'a qu'à se cacher.
Se planquer,
S'enterrer,
Se creuser un trou
Et se couvrir de boue.

Ils ne méritent pas mieux,
Les monstres malheureux,
Les monstres solitaires
Qui font pleurer leurs mères.

Qui pourrait aimer
Un monstre abandonné
Disgracié
Supplicié ?
Nul n'entend sa plainte
Au fond du labyrinthe.

Ils ne méritent pas mieux,
Les monstres malheureux,
Les monstres solitaires
Qui font pleurer leurs mères.

Au creux de la nuit,
Les ténèbres amies
Compatissent
Et nous tissent
Un suaire noir
Couvrant notre cafard.

Chapitre 5 : La Femme serpent
(Maupré/d'Albret)

Au bal des vipères,
Secouant ma crinière,
Ma chevelure serpentine
Luisante de brillantine,
Je danserai,
Je frémirai,
J'ondulerai !

Les monstres sortent dans la nuit
Et quand ils sortent, c'est sans bruit !
Les monstres sortent dans la nuit
Pour vous attirer dans leur lit.

Mes courbes soyeuses,
Ma beauté vénéneuse,
Sont là pour te sidérer,
Sont là pour te méduser !
Viens à mes pieds
Te soumettre et
Te pétrifier !

Les monstres sortent dans la nuit
Et quand ils sortent, c'est sans bruit !
Les monstres sortent dans la nuit
Pour vous attirer dans leur lit.

Tu ne vois plus que moi,
L'animal à sang froid...
Enivré de mon venin
Tu feras moins le malin
En vénérant,
La femme serpent !
En adorant,
La femme serpent !

Les monstres sortent dans la nuit,
À l'heure où les monstres sont gris,
Les monstres sortent dans la nuit
Pour vous attirer dans leur lit.

Les monstres sortent dans la nuit,
Pour vous attirer dans leur lit.
Les monstres sortent dans la nuit
Pour vous dévorer dans leur lit.

Chapitre 6 : Le Verre
(Maupré/d'Albret)

Au fond d'une bouteille,
À l'ombre d'une treille,
Se trouve la vérité
Que j'ai longtemps cherchée.

Le verre à moitié plein
Est à demi divin.
Le temps qu'on se décide,
Il est à moitié vide.

Ma vie je l'ai passée
À être une femme tronquée
Le cul entre deux chaises
À jamais mal-à-l'aise.

Le verre à moitié plein
Est à demi divin.
Le temps qu'on se décide,
Il est à moitié vide.

Il n'y a rien à chercher,
La vie est ce qu'elle est.
Et la vie la plus folle
Se dissout dans l'alcool.
Il faut s'abandonner
Se laisser imprégner
De la molle torpeur
Qu'apporte la liqueur.

La brume se dissipe
Ainsi que mes principes
Et je suis mise à nu
Incomplète et tordue.

Le verre à moitié plein
Est à demi divin.
Le temps qu'on se décide,
Il est à moitié vide.
Le verre à moitié plein
Est à demi divin.
Le temps qu'on se décide,
Il est à moitié vide.
Le verre à moitié plein
Est à demi divin.
Le temps qu'on se décide,
Il est à moitié vide.

Chapitre 7 : Compagnes
(Maupré/d'Albret)

Bandites de grands chemins
En quête d'un destin,
Nous marchions toutes deux
Pour retrouver un dieu.
Mais les dieux sont fuyants,
Surtout pour leurs enfants.
La poussière du matin
Recouvrait nos chagrins.

Cheminer avec toi
Par les monts, par les bois,
M'aide à me fourvoyer
Sans peur... sans peur...

Et là je t'ai perdue,
Roulée dans un talus.
Moi, je marchais devant
Et je croyais vraiment
Que nous marchions ensemble,
Que nous marchions à l'amble,
Comme deux éléphants,
Collées comme deux aimants.

Cheminer avec toi
Par les monts, par les bois,
M'aide à me fourvoyer
Sans peur... sans peur...

J'oublierai tout pour toi,
Je laisserai tout pour toi.
J'oublierai ma vengeance,
Je tenterai ma chance,
Si tu veux revenir
Partager les soupirs
D'une solitude à deux,
Celle des amoureux.

Cheminer avec toi
Par les monts, par les bois,
M'aide à me fourvoyer
Sans peur... sans peur et sans regret !

Chapitre 8 : Vermine
(Maupré/d'Albret)

Je suis une bestiole,
La vermine qui frôle
L'ourlet de ta tunique
D'immense dieu inique.
Tu peux bien m'ignorer
Et me fouler aux pieds,
Je grouille de plus belle,
Même sous ta semelle !

Et nus comme des vers,
Marchons dans la poussière !
Nous sommes les enfants crasseux,
Nous sommes abandonnés des dieux.
Mais légers comme l'air,
Dansons dans la lumière !

J'ai mes frères avec moi,
Nous n'abandonnons pas.
Nous subissons ta loi,
Nous ne l'acceptons pas.
Au fond tu n'es qu'un dieu,
Nous valons beaucoup mieux
Car nous sommes la vie
Qui scintille et qui luit.

Et nus comme des vers,
Marchons dans la poussière !
Nous sommes les enfants crasseux,
Nous sommes abandonnés des dieux.
Mais légers comme l'air,
Dansons dans la lumière !

Cancrelats, vermisseaux
Rampant dans les ruisseaux,
Mulots et chats errants
Cavalant dans les champs :
Le plus humble cafard
Est une raison de croire
En l'amour, en l'espoir,
Dans les cœurs des bâtards !

Épilogue : Âme sœur
(Maupré/Le Saint)

Si tu étais mon âme sœur,
Je t'abreuverais de liqueurs
Des liqueurs douces,
Des liqueurs rousses,
Puisées dans la chair des cerises
Et dans les mirabelles exquises.

Si tu étais mon âme sœur,
Je saturerais de douceur
L'air sur ta peau,
Les gouttes d'eau
Qui pourraient oser te mouiller
Un jour où la pluie tomberait.

Si tu étais mon âme sœur,
Je cueillerais toutes les fleurs,
Fleurs de satin,
Fleurs des chemins,
Pour les déposer sous tes pieds,
Que tu ne puisses plus te blesser.

Je ne crois pas aux âmes sœurs.
Pourtant je t'ai donné mon cœur,
Sans hésiter,
Sans barguigner.
Mon cœur désarmé et aimant,
Je te l'ai donné, souviens-t-en.

Logo titre : Singeon
Lettrage : Made in Pixel

Dépôt légal : mai 2024 – D. 2024/0089/247
ISBN 979-1-0347-6302-3
© Dupuis, 2024. Tous droits réservés.
Éditions Dupuis s.a., rue Destrée 52, 6001 Marcinelle, Belgique.
Imprimé par PPO, rue de la Croix Martre 10, 91120 Palaiseau, France.
Achevé d'imprimer en avril 2024.

www.dupuis.com

Certifié PEFC
Ce produit est issu de forêts gérées durablement et de sources contrôlées
PEFC
10-31-1800
www.pefc-france.org